Un amor desde siempre
Daphne Clair

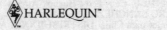

Editado por HARLEQUIN IBÉRICA, S.A.
Núñez de Balboa, 56
28001 Madrid

I.S.B.N.: 978-84-671-7935-4
Depósito legal: B-6828-2010
Editor responsable: Luis Pugni
Preimpresión y fotomecánica: M.T. Color & Diseño, S.L.
C/ Colquide, 6 portal 2 - 3º H. 28230 Las Rozas (Madrid)
Impresión y encuadernación: LITOGRAFÍA ROSÉS, S.A.
C/ Energía, 11. 08850 Gavá (Barcelona)
Fecha impresion para Argentina: 11.10.10
Distribuidor exclusivo para España: LOGISTA
Distribuidor para México: CODIPLYRSA
Distribuidores para Argentina: interior, BERTRAN, S.A.C. Vélez
Sársfield, 1950. Cap. Fed./ Buenos Aires y Gran Buenos Aires,
VACCARO SÁNCHEZ y Cía, S.A.
Distribuidor para Chile: DISTRIBUIDORA ALFA, S.A.

Capítulo 1

RACHEL?
       Los ojos de color gris verdoso de Bryn Donovan se avivaron al encontrarse con los de su madre.

Bryn frunció el ceño y se inclinó ligeramente hacia adelante en un sillón de orejas que, como la mayoría de los muebles de la habitación, pertenecía a la familia desde hacía tanto tiempo como aquella mansión.

–No te referirás a Rachel Moore, ¿verdad? –añadió.

Pearl, lady Donovan, separó las manos en un gesto de sorpresa. Su delgada figura parecía absorbida por el sillón igual al que ocupaba su hijo junto a la chimenea.

–¿Por qué no? –inquirió ella, frunciendo su boca perfecta de una forma que Bryn conocía muy bien.

Detrás de la complexión aparentemente débil y de aquellos rizos cortos y muy bien teñidos, se escondía un cerebro ágil y una voluntad de acero.

–¿No es demasiado joven? –cuestionó él.

Su madre se rió como sólo una madre podía frente a un hombre de treinta y cuatro años cuyo nombre en los círculos financieros de Nueva Zelanda generaba un respeto casi universal. Quienes le desprestigiaban eran principalmente competidores celosos de la manera en la que él había expandido el negocio de su familia y aumentado su fortuna, ya considerable, o empleados que no habían soportado que les impusiera sus rígidos principios.

–Bryn, han pasado diez años desde que su familia nos dejó –apuntó ella–. Rachel es una historiadora altamente cualificada. Ya te conté que ha escrito un par de libros.

Él no podía confesarle que había intentado borrar de su mente cualquier información acerca de aquella muchacha.

–Ya sabes que tu padre siempre tuvo intención de escribir la historia de la familia –insistió Pearl.

Había sido uno de sus proyectos tras su jubilación, hasta que su debilidad por los mejores alcoholes había terminado repentinamente mal.

–Quiero hacer esto como un homenaje a él –comentó la viuda elevando la barbilla con determinación, conteniendo las lágrimas–. Pensé que te gustaría.

Por más que Bryn tuviera reputación de hombre de negocios duro aunque no sin escrúpulos, eso no le hacía inmune a aquella triquiñuela femenina. Su madre acababa de resurgir de un año y medio de lamentaciones y por fin mostraba auténtico interés por algo. Aquel día estaba menos tensa y más decidida que cualquier otro desde la muerte de su marido, reconoció Bryn.

El hecho de que de vez en cuando se colara en sus sueños el rostro de una Rachel Moore de apenas diecisiete años enmarcado por un revoltoso pelo oscuro, con ojos grandes y muy tentadores y una boca demasiado joven, haciéndole sentirse culpable, era problema suyo, se dijo él. No podía, a conciencia, verter un jarro de agua fría sobre el nuevo proyecto de su madre.

—Creí que se encontraba en Estados Unidos —señaló él.

Rachel se había trasladado allí para hacer un posgrado después de haber terminado sus estudios de Literatura Inglesa y de Historia, y desde entonces había estado enseñando en la universidad allí.

—Ha regresado —comentó Pearl contenta—. Dará clases en la universidad de Auckland el año próximo, pero necesita algo para mantenerse durante unos seis meses por la diferencia de curso escolar entre Estados Unidos y Nueva Zelanda. ¡Es ideal y tan agradable que podamos tener a alguien conocido para que nos haga esto...! Puede alojarse aquí.

—¿Aquí? ¿Sus padres no...?

El antiguo cuidador de la finca y su esposa, que ayudaba en las tareas domésticas, se habían marchado al distrito de Waikato a ordeñar vacas cuando su hija había comenzado sus estudios universitarios allí. Bryn creía que, desde entonces, el único contacto de ellos con su familia había consistido en un intercambio de felicitaciones de Navidad y noticias sobre la familia. Pero su madre, se dijo Bryn, siempre había sido una empedernida usuaria del teléfono.

—Rachel vive con ellos ahora —le informó su madre—. Y está lista para comenzar el trabajo en una o dos semanas. Necesitará acceder al archivo familiar y yo no voy a permitirle que saque por ahí los documentos. Claro que eso supone un precio, pero seguro que podemos permitírnoslo...

—Sin problemas —le aseguró él, aceptando aquel extraño desafío—. Si es que ella quiere el trabajo.

Con un poco de suerte, Rachel lo rechazaría.

Pearl le dirigió su sonrisa más dulce.

—Su madre y yo ya lo hemos arreglado todo.

Rachel había supuesto que en diez años Bryn Donovan habría cambiado, que tal vez habría perdido algo de su pelo negro y abundante, habría echado tripa de tantas cenas de negocios, o su aristocrática nariz se habría enrojecido y ensanchado por todo el vino ingerido en esas cenas si seguía los pasos de su padre. Sin desmerecer lo duro que había trabajado sir Malcolm y lo generoso que había sido con los frutos de ese trabajo: el hombre había obtenido el título tanto por su contribución a la economía nacional como por sus labores filantrópicas.

Su único hijo estaba tan guapo como siempre.

Conforme bajaba del autobús en Auckland, Rachel le distinguió rápidamente entre la docena de personas que esperaban al resto de pasajeros o que eran pasajeros a su vez. Como si ellos reconocieran que aquel hombre necesitaba más espacio que el común de los mortales, él destacaba entre cuantos le rodeaban.

Pantalones vaqueros moldeaban sus largas piernas. Una camiseta negra apenas disimulaba sus anchos hombros y su torso sin un sólo gramo de grasa.

Si algo había cambiado, era que la habitual seguridad en sí mismo de él había evolucionado a un aire de autoridad. Rachel sintió un cosquilleo en el estómago y dudó unos instantes antes de salir del autobús.

Los ojos de Bryn parecían de plata bajo la luz del atardecer conforme inspeccionaba a los recién llegados. Cuando por fin divisó a Rachel, ella le vio sorprenderse al reconocerla. Él se mantuvo inmóvil, excepto por su boca, que se curvó ligeramente en una sonrisa controlada mientras la veía aproximarse y evaluaba su chaqueta verde de lino sobre blusa blanca, la falda a juego hasta las rodillas y los zapatos brasileños de cuero trenzado que ella había elegido para el viaje.

Él asintió ligeramente con la cabeza como aprobando el atuendo y elevó sus ojos de nuevo al cabello negro que ella se había recogido en un moño tirante convencida de que aumentaba su altura y le daba un aspecto más profesional.

Sólo cuando se detuvo en seco delante de él, Rachel advirtió las leves arrugas en las comisuras de los ojos y en la frente.

–Rachel, estás muy... elegante –dijo él con una voz más grave de lo que ella recordaba.

Ella lo interpretó como que ya no la veía como la adolescente poco femenina que él recordaba.

–Ha pasado mucho tiempo –comentó ella, aliviada de que la voz no le temblara e intentando parecer una mujer exitosa–. He crecido.

–Ya lo veo.

Un destello de interés masculino iluminó los ojos de él y desapareció.

Rachel se estremeció, no de miedo sino de una emoción mucho más perturbadora. Diez años después, él todavía la afectaba de aquella manera. Menuda tontería, ¿verdad?

–¿Y tu madre? –inquirió ella.

Cuando había hablado por teléfono con lady Donovan, ella le había asegurado que irían a buscarla a Auckland. ¿Cómo iba Rachel a meterse en otro autobús hacia Donovan's Falls con el equipaje, el ordenador y todo? Como había hablado en plural al decir que la recogerían, Rachel había supuesto que lady Donovan se refería a Bryn y ella.

–Está esperándonos en Rivermeadows –le informó él–. Con café y galletas.

Una vez cargado el equipaje y tras salir de la ciudad en el impoluto BMW de él, Rachel apartó la mirada de las brillantes aguas del puerto de Waitemata junto al que transcurría la autopista.

–Gracias por haber venido a buscarme. Espero que no haya sido una molestia.

–En absoluto –contestó él cortésmente.

–Porque tú ahora no vives en casa, quiero decir en Rivermeadows, ¿verdad? –inquirió ella, intentando disimular su nerviosismo.

Rachel había oído a su madre lamentar que Pearl viviera sola en una casa tan grande.

–Tengo un apartamento en la ciudad –confirmó él–. Pero desde la muerte de mi padre paso casi todos los fines de semana con mi madre y a veces incluso me he quedado allí entre semana. Le sugerí que se mudara, pero ella está muy unida a ese lugar.

La casa de los Donovan había sido en tiempos el centro de una comunidad rural pequeña y dispersa. Antes de que Rachel y su familia se marcharan, se había convertido en una isla de verdor en mitad del resto de barrios residenciales y con una autopista muy transitada cerca.

–Sólo está a una media hora de la ciudad –recordó Rachel–. ¿Tu madre conduce todavía?

Ella recordaba que Pearl Donovan adoraba su pequeño deportivo rojo y lo conducía de una forma que provocaba el reproche de su marido y de su hijo, ante lo cual ella reía.

Bryn frunció el ceño.

–Apenas ha salido de casa desde que murió mi padre.

Calló unos instantes y añadió no muy convencido:

–Tal vez tenerte aquí sea bueno para ella.

Él no daba saltos de alegría, pero Rachel tampoco hubiera elegido aquel trabajo. Cuando su madre le había anunciado orgullosa que había encontrado el trabajo temporal perfecto para ella, Rachel había tenido que disimular su consternación al descubrir que iba a ser en Rivermeadows. Y cuando había intentado zafarse argumentando que aquello suponía alejarse mucho de sus padres, su madre había replicado que no tanto como Estados Unidos.

Incapaz de encontrar ninguna otra excusa convincente, especialmente dado que el salario superaba con creces lo que ella esperaba obtener en un trabajo temporal, había decidido aceptar. No tenía intención de vivir de sus padres durante meses.

Deseando haber malinterpretado el tono decididamente poco entusiasta de Bryn, comentó:

–Estoy deseando volver a ver Rivermeadows. Tengo muy buenos recuerdos de allí.

Él le dirigió una mirada impenetrable durante unos instantes antes de volver a centrarse en la carretera.

Rachel giró el rostro hacia la ventanilla intentando no pensar en un recuerdo en particular, habiéndose convencido a sí misma de que él habría olvidado el incidente. Tal vez para ella había sido un momento fundamental en su joven vida pero, mientras que ella entonces había sido una adolescente deslumbrada por emociones desbordadas, Bryn ya era un hombre, un adulto.

–Me apenó enterarme de lo de tu padre –añadió ella, mirando brevemente a Bryn–. Le envié una tarjeta a tu madre.

–La muerte de mi padre fue un duro golpe para ella –comentó él, frunciendo el ceño de nuevo.

–Estás preocupado por ella –señaló Rachel suavemente.

–¿Tan obvio resulta?

«Sólo para la gente a quien le importas», pensó ella, pero se contuvo de decirlo. Él creería que ella estaba abusando de una vieja amistad y tendría todo el derecho. Esperaba fervientemente que él nunca hubiera advertido lo atentamente que durante un tiempo ella había observado cada uno de sus movimientos y expresiones cada vez que se le había acercado.

Desde aquellos tiempos ella había cambiado completamente y tal vez él también. Con veinticinco años, a él le habían hecho responsable de un departamento nuevo del negocio familiar: el desarrollo en ultramar. Y él lo había gestionado excepcionalmente bien, llevando el apellido Donovan hasta los mercados internacionales y estableciendo filiales en varios países. En aquellos momentos, era el director ejecutivo de toda la empresa. ¡Cómo no iba a dar la impresión de un hombre que tenía el mundo a sus pies!

La casa seguía igual que como Rachel la recordaba, una mansión de madera de finales del siglo XIX con dos pisos, pintada de blanco y conservada con gusto.

Bryn detuvo el coche frente al pórtico de la entrada. Al instante, la puerta se abrió y Pearl Donovan, con un vestido amarillo pálido, salió a recibirlos y envolvió a Rachel en un cálido abrazo.

–¡Qué alegría verte! –exclamó, separándose ligeramente para contemplar a Rachel–. ¡Y qué guapa estás! ¿No te parece, Bryn?

–Por supuesto –contestó él, cargado con el equipaje–. ¿Dónde dejo sus cosas?

–En la habitación rosa –respondió su madre–. Voy a calentar agua y, en cuanto te instales, Rachel, tomaremos café en el porche.

Rachel siguió a Bryn hasta el dormitorio rosa en la planta superior. La puerta estaba entreabierta. Bryn entró y dejó la maleta sobre un arcón a los pies de la gigantesca cama y, en el suelo junto a ella, una bolsa con unos libros de consulta que Rachel necesitaría para hacer su trabajo.

–¿Quieres que deje tu ordenador portátil en el escritorio? –preguntó él–. Aunque seguramente trabajarás en el salón de fumar del piso de abajo.

Hacía muchos años que nadie fumaba en lo que en realidad era una biblioteca privada, pero la familia mantenía el nombre original.

Rachel asintió.

–Gracias –dijo y vio cómo Bryn depositaba el ordenador sobre un elegante escritorio de nogal situado entre dos amplias ventanas con cortinas a juego con la colcha.

–Espero que te encuentres a gusto –señaló él, tras contemplar con evidente disgusto las rosas que adornaban el papel de la pared.

Rachel soltó una carcajada, llamando la atención de él, que sonrió levemente.

–Mi madre tiene razón, estás muy guapa –comentó

y desvió la mirada hacia una puerta a un lado de la habitación–. El baño está ahí, lo vas a tener todo para ti. Si no encuentras algo de lo que necesites, estoy seguro de que mi madre te lo proporcionará. Te veo abajo.

Él se dirigió a la puerta, dudó un instante y se giró.

–Bienvenida de nuevo, Rachel –dijo y sus pasos se perdieron por el pasillo y la escalera, cada vez más rápidos como si quisiera huir de ella.

Tras refrescarse y cambiarse los zapatos por unas sandalias planas, Rachel bajó, cruzó el comedor y atravesó las puertas francesas que daban al porche.

Bryn y su madre estaban sentados a una mesa de mimbre con tablero de cristal. Un carrito contenía tazas, una tetera de porcelana y jarritas para la leche y el azúcar.

Bryn se puso en pie al momento y le ofreció una silla de mimbre acolchada a Rachel.

Mientras lady Donovan servía el café y hablaba, él regresó a su asiento mirando alternativamente a su madre y a Rachel con un desinterés tal vez fingido. Había una vitalidad en él que hacía difícil imaginarle pasando las tardes tomando té. Su mirada se encontró con la de Rachel y sonrió mientras su madre desplegaba un torrente de preguntas acerca de la vida de ella en Estados Unidos.

Cuando terminaron, Rachel se ofreció a recoger. Pearl, que había insistido en que Rachel la llamara por su nombre de pila, se negó.

–No te hemos traído aquí para que realices las tareas del hogar. Bryn, llévala al jardín y enséñale los cambios que hemos hecho.

Bryn esperó a que Rachel se levantara y la sujetó suavemente del codo, con dedos cálidos y fuertes.

–¿Quién se encarga de las tareas domésticas? –le preguntó Rachel, caminando a su lado.

Aquella casa era demasiado grande para que la limpiara una sola persona.

–Una asistenta viene tres tardes a la semana –comentó él, soltándola al llegar a un espacioso jardín repleto de arbustos y árboles.

Los Donovan les habían permitido a Rachel y a sus hermanos que se movieran libremente por allí siempre y cuando no estropearan las plantas. A ella le encantaba jugar al escondite, perseguir animales imaginarios o trepar a los árboles y conocía todos los lugares ocultos bajo las ramas más bajas de los árboles.

De pronto llegaron a una pared de ladrillo. Allí donde en tiempos se encontraba una puerta de acceso a la casa de la familia de Rachel, un nicho con forma de arco albergaba tiestos con plantas en flor.

–¿Sabes que alquilamos la granja y el chalecito? –le preguntó Bryn y ella asintió conteniendo la sonrisa.

Sólo alguien que hubiera vivido en una mansión llamaría «chalecito» a la vivienda del cuidador de la finca.

El camino se apartaba del muro de piedra hacia un cenador prácticamente escondido entre la vegetación. Rachel deseó que Bryn no hubiera advertido su pequeño tropiezo conforme pasaron por delante. Ella no se atrevió ni a mirarle, en su lugar fingió admirar las flores al otro lado del camino hasta que llegaron a otra pérgola adornada con un jazmín lleno de flores. Rachel se acercó una rama al rostro para aspirar su fragancia.

Él arrancó una de las flores y se la tendió.

–Gracias –dijo ella, repentinamente sin aliento.

Se hallaban a sólo unos centímetros el uno del otro. Él la miraba con expresión grave e inquisitiva. Ella ladeó la cabeza para oler el jazmín y, al girarse para continuar el paseo, sus senos se rozaron con el torso de él. Ella se puso colorada y clavó la vista en la flor de jazmín.

Como no estaba mirando por dónde iba, se tropezó con una raíz que atravesaba el camino. Bryn la sujetó por los brazos, tan cerca que con su aliento le removió un mechón de cabello que le había caído sobre la frente.

–¿Estás bien?

–Sí, gracias.

Rachel sentía un agudo dolor en sus dedos desnudos, pero no bajó la vista e intentó ofrecer una sonrisa tranquilizadora.

Él miró el pie y soltó un silbido.

–Estás sangrando.

Se agachó y sujetó el tobillo de ella.

–Apóyate en mí –le ordenó, colocando el pie de ella sobre su rodilla.

Rachel no tuvo más remedio que apoyarse en el hombro de él para no caerse.

–Voy a mancharte de sangre –protestó, intentando soltarse–. No ha sido nada.

–Parece doloroso –señaló él–. Regresemos a la casa.

Una vez allí, él la llevó al cuarto de baño de la planta baja e, ignorando las protestas de ella de que podía arreglárselas sola, la sentó en el borde de la bañera y sacó un kit de primeros auxilios. Esperó a que ella se lavara el pie y luego se lo secó, desinfectó la herida y la tapó con una tirita.

–Gracias –dijo ella, poniéndose en pie mientras él guardaba el kit.

Había dejado el jazmín junto al lavabo y él lo recogió y se lo colocó a ella en lo alto del moño. Luego le sonrió enigmáticamente y la urgió a salir con un leve toque en la cintura.

Pearl salía de la cocina en aquel momento.

–¿Te quedas, Bryn? Estoy haciendo un asado.

Él comprobó la hora.

–A cenar sí. Pero después me marcharé.

Pearl reparó en la herida de Rachel.

–¿Qué te ha ocurrido?

–Sólo me he dado un golpe en un dedo –respondió Rachel y subió a su habitación a deshacer el equipaje.

Cuando volvió a la planta baja, Pearl y Bryn se hallaban en lo que llamaban el salón pequeño, dado que el grande se dedicaba a recibir a las visitas. Bryn sostenía un vaso de algo con hielo y Pearl bebía jerez. Bryn se puso en pie y ofreció a Rachel su sillón de orejas, pero ella negó con la cabeza y se sentó en el sofá frente a la chimenea.

–¿Quieres una copa? –inquirió él todavía de pie–. Ahora ya tienes edad suficiente.

–Por supuesto que la tiene –intervino Pearl y se dirigió a Rachel–. Él todavía te ve como una chiquilla.

–No tanto, madre –la corrigió él con la mirada clavada en Rachel y extrañamente brillante–. Aunque la tirita sí que recuerda a los viejos tiempos. Rachel, de pequeña tenías un desbordante sentido de la aventura.

–Ya no soy así, he crecido –se apresuró a señalar ella–. Me gustaría ginebra con Angostura si tenéis, gracias.

Él se acercó al mueble bar, preparó el cóctel y se lo sirvió con media rodaja de limón.

Pearl preguntó a Rachel acerca del jardín y, al recibir alabanzas, comentó:

–Un hombre del pueblo viene a cuidar lo más complicado una vez a la semana y yo me ocupo un poco de las flores. Arrendamos la granja, así que sólo tenemos que ocuparnos del jardín que rodea la casa. Bryn sugirió que vendiéramos este lugar –señaló ella, escandalizada–. Pero yo espero tener nietos algún día y por eso mantengo esta propiedad. Después de todo, los Donovan hemos vivido aquí desde que se construyó. Y antes de eso éramos dueños del terreno.

–Es un lugar fantástico para los niños –apuntó Rachel sin mirar a Bryn.

La hermana de Bryn se había instalado en Inglaterra, vivía con otra mujer y, según la madre de Rachel, había asegurado que no quería tener hijos. Y era evidente que Bryn no tenía prisa por dar continuidad al apellido familiar. A sus treinta y cuatro años todavía le quedaba tiempo para eso. Y con su aspecto y su dinero, seguramente candidatas no le faltaban.

Esa idea desazonó a Rachel. ¿Tendría él novia? Sacudió la cabeza vigorosamente para desconectarse de ese pensamiento.

–¿Algo va mal, Rachel? –preguntó Bryn.

–No. Creí que... debe de ser una polilla o algo.

–Tal vez te hayas traído algún insecto del jardín –dijo él, acercándose y examinándole el cabello.

Pearl terminó su copa y se puso en pie.

–Voy a comprobar cómo va la cena.

–¿Puedo ayudar? –se ofreció Rachel.

–¡No! –exclamó Pearl–. Tú quédate aquí. Lo tengo todo controlado.

Rachel sintió la mano de él en su cabello.

–No veo ningún bicho –le aseguró él–. ¿Cuándo te dejaste el pelo largo?

–Hace siglos, cuando estudiaba en la universidad.

Había sido más fácil eso, que intentar encontrar a alguien que pudiera hacer algo remotamente sofisticado con sus rizos rebeldes.

En lugar de regresar a su asiento, Bryn se sentó en el sofá con un brazo apoyado en el respaldo y el cuerpo orientado hacia Rachel.

–¿Qué tal está tu dedo?

–Bien. Ya te lo dije, no ha sido nada.

–Siempre fuiste muy dura –indicó él con una sonrisa–. Me cuesta creer que seas la misma niña con la mata de rizos que solía correr descalza, la mitad de las veces con heridas en los codos.

–Los niños crecen.

–Ya. Lo había advertido antes de que tú...

Bryn enmudeció de pronto y se quedó mirando el fuego en la chimenea. Cuando volvió a hablar, su voz sonaba algo tensa.

–Lo que sucedió antes de que tu familia se marchara... Lo siento si te hice daño, si te asusté.

Se pasó la mano por el cabello y la miró fijamente.

–Yo no era yo mismo. Y no es una excusa. Pero sí te pido disculpas.

Ella hizo una inclinación con la cabeza.

–No son necesarias. Yo también soy culpable de lo que pasó.

–Tú apenas acababas de terminar el instituto. Yo debería haberme... ¡sabía mejor que tú lo que me hacía!

Ella elevó la cabeza y trató de sonar despreocupada.

–Eso fue hace mucho tiempo. Estoy segura de que los dos lo habíamos olvidado hasta hoy –comentó, apartando la mirada de él.

Él hizo que le mirara de nuevo.

–¿Tú lo habías olvidado?

En diez años, Rachel había adquirido cierta desenvoltura. Sonrió fingiendo sorpresa y cierta condescendencia.

–Cómo os gusta a los hombres creer que sois inolvidables –señaló, apartándose la mano de él de la barbilla con suavidad–. Claro que lo he recordado todo cuando te he visto. Como si de nuevo tuviera diecisiete años y me hubiera enamoriscado de un chico mayor que yo.

Ella ignoró el ceño fruncido de él y sacudió la cabeza al tiempo que reía jovialmente.

–Es algo tan tópico que me da vergüenza.

Él apretó la mandíbula. Sus ojos, brillantes, la recorrieron como buscando algo y por unos instantes ella contuvo el aliento. Hasta que él soltó una carcajada.

–De acuerdo –dijo él–. Supongo que tengo suerte de que reacciones así.

Durante la cena, Bryn le preguntó a Rachel acerca de su trabajo en Estados Unidos y su experiencia en investigación y como escritora. Ella advirtió que estaba evaluando su cualificación para el puesto.

–Esto será un poco diferente, ¿verdad? –señaló él.

–Espero tener un primer borrador en tres o cuatro

meses –respondió ella–. Tenéis tanto material original, que puedo comenzar enseguida, no necesito salir a buscar fuentes por ahí.

Bryn miró a su madre.

–¿Sabes exactamente lo que contiene nuestro archivo?

Pearl negó con la cabeza.

–¡Imagina que descubrimos algún viejo escándalo familiar, querido! ¿A que sería divertido?

–Tal vez no te lo parecería si realmente sucediera –le advirtió él.

–¡No seas estirado, cariño! No queremos una aburrida lista de nacimientos, fallecimientos, bodas y cuentas de pérdidas y ganancias.

–Estoy segura de que habrá multitud de acontecimientos interesantes para dar color a los hechos fundamentales –apuntó Rachel–. Por cierto, ¿tenéis un escáner y una impresora, o puedo tener acceso a ellos en algún sitio? No quiero manejar los documentos originales más tiempo del estrictamente necesario.

–Me encargaré de traértelo –le aseguró Bryn–. Tienes acceso a Internet en el salón de fumar.

Bryn se marchó poco después de la cena. Se despidió de su madre con un beso y pidió a Rachel si podía acompañarlo a la puerta. Ella le siguió por el ancho pasillo hasta la entrada principal, donde él se detuvo y la miró en silencio un momento.

–No te preocupes por el libro, de veras –dijo ella–. Tu madre y tú sois los que pagáis por él y tenéis control total sobre lo que incluya y lo que no.

Él sonrió levemente.

–Estoy seguro de que podemos confiar en tu discreción, Rachel. Es mi madre quien me preocupa. Cuando se entusiasma con algo nuevo, tiende a sobrevalorar su propia capacidad. Si parece cansada, te agradecería que me lo comunicaras cuanto antes, pero sin alarmarla. Ella no es tan fuerte como quiere parecer.

Años atrás, ella habría aceptado ciegamente cualquier cosa que Bryn le hubiera pedido. Pero no le agradaba la idea de vigilar a Pearl.

–Si veo algo preocupante, ten por seguro que haré lo que sea necesario –comentó cautelosamente–. Si crees que necesita una enfermera...

Él soltó una pequeña carcajada.

–Mi madre me arrancaría la piel a tiras si se lo sugiriera.

–No lo creo –dijo ella en tono seco y mirándolo de arriba abajo.

Él sonrió de medio lado; sus ojos albergaban un brillo especial.

–No estaba sugiriendo que añadieras las labores de enfermera a tu trabajo. Simplemente, es bueno que haya alguien en casa con ella –dijo él e hizo una pausa–. ¿Necesitas alguna impresora en especial?

–Que sea una impresora multifunción que tenga un buen programa de OCR. Necesito que pueda leer documentos –respondió ella y le dio los datos de su ordenador.

Él abrió la puerta principal, dudó un momento y luego se inclinó sobre ella y la besó levemente en la mejilla.

–Buenas noches, Rachel –dijo y se marchó, cerrando la puerta tras él.

Ella se quedó inmóvil unos momentos, sintiendo la calidez de los labios de él sobre su piel. Luego, sacudió la cabeza para volver en sí y, al girarse, vio a Pearl salir de la cocina y dirigirse hacia ella.

–¿Qué quería Bryn? –le preguntó la mujer.

–Unos datos referentes a la impresora –respondió Rachel–. Y dice que le alegra que tengas a alguien en casa.

–Se preocupa demasiado. Amo este lugar y pretendo habitarlo hasta que tengan que sacarme con los pies por delante. O hasta que Bryn tenga una familia y se instale con ella aquí si lo desean.

–Estoy segura de que, de ser así, él no querría que te marcharas.

–Pero su mujer tal vez sí. Y tal vez para entonces yo también... si es que eso sucede algún día –añadió la mujer con cierta nostalgia.

Cuando llegara ese momento, ella llevaría mucho tiempo fuera de allí, se dijo Rachel. Tampoco era que le importara.

Capítulo 2

EN el coche, Ben se sintió extrañamente insatisfecho consigo mismo. Al menos habían sacado aquel viejo asunto a la luz. Eso debería haber relajado el ambiente entre Rachel y él, así como aligerado su conciencia. Él había percibido cierta timidez en ella desde que se habían reencontrado en la estación de autobuses y no se creía que ella no hubiera pensado nunca en la última vez que se habían visto. Se le escapó una risita al recordar el deliberado desaire con el que ella lo había negado.

–Ahí te has pasado un poco –murmuró.

Ella ciertamente no era la misma que aquella adolescente ingenua y torpe que a veces reaparecía en sus sueños. Él debería sentirse aliviado de que a ella no le ocurriera lo mismo, pero al principio sólo había sentido desilusión y había tenido que acallar su impulso de cobrarse una dulce venganza con la deliciosa boca de ella, incluso cuando se estaba burlando de él.

En su lugar, él se había tragado la desacostumbrada medicina porque ella tenía derecho a ello.

Existía una diferencia muy intrigante entre la Rachel Moore que él recordaba y la que había tratado ese día. De cuando en cuando algún detalle de la niña apasionada y llana se colaba a través de la fría reserva de la mujer, generando en él un caprichoso

deseo de comprobar cuánto más había cambiado
ella.

Miró el reloj del salpicadero: había salido más tarde
de lo que pretendía. Últimamente se veía muy a menudo con Kinzi Broadbent y le había medio prometido
que se pasaría por su casa después de llevar a Rivermeadows a la historiadora que su madre había contratado.
Pero ni siquiera se había acordado de telefonear a Kinzi. Y se hallaba en la autopista, así que no quería usar
su teléfono móvil.

Por alguna razón, no le apetecía ver a Kinzi en
aquel momento. Condujo hasta su casa y la telefoneó
desde allí, diciéndole que se había quedado a cenar en
casa de su madre, que estaba cansado y quería irse a
dormir temprano. Ella aceptó la excusa, pero su voz
sonaba tensa cuando le deseó buenas noches. Tendría
que compensarla, se dijo Bryn.

Tres días más tarde, Rachel había extendido viejas
cartas, diarios y papeles sobre la gran mesa del salón
de fumar y estaba tan absorta en su estudio, que no
oyó la llegada de Bryn.

–Te traigo la impresora –anunció él con la caja en
las manos–. ¿Dónde lo quieres?

–Sobre el escritorio, junto al ordenador –respondió
ella–. No esperaba que la trajeras tú mismo.

–Quería comprobar cómo estaba mi madre.

–Parece que bien. ¿La has visto al entrar?

Él comenzó a abrir la caja.

–Sí, estaba ocupada regando las macetas de la terraza. Está muy ilusionada con esto –comentó él y señaló los documentos con la cabeza–. ¿Cómo lo llevas?

–Va a ser difícil decidir de qué prescindir. Hay mucho material.

Conectaron la impresora al ordenador y ella realizó las pruebas mientras Bryn la miraba apoyado sobre el escritorio.

La máquina sacó una hoja de papel y ambos alargaron la mano. Sus dedos se rozaron unos instantes. Rachel retiró la suya rápidamente y Bryn la miró burlón antes de analizar la hoja de comprobación.

–Se ve bien –señaló él, pasándosela.

–Cierto –dijo ella con la mirada clavada en el papel–. Gracias. Va a ser de gran ayuda.

–Encantado de ayudarte –respondió él en tono bastante seco.

Él se acercó a la mesa de los documentos y los estudió por encima.

–¿Qué es esto? –preguntó señalando uno.

–Es una lista de suministros para el viejo molino, con anotaciones. Seguramente la escribió tú tatarabuelo.

Samuel Donovan había construido su primer molino de agua en la ribera de la cascada cercana.

–Sé quién es por las fotografías que mi padre hizo enmarcar y colgar en el pasillo, pero no tenía ni idea de que poseíamos documentos manuscritos del viejo Sam.

–También hay cartas –comentó ella, señalando una hoja desgastada protegida en un sobre de plástico–. Ésta se la escribió a su mujer antes de que se casaran.

–«Querida mía» –leyó Bryn en voz alta y miró a Rachel con una sonrisa–. ¿Una carta de amor?

–Contiene sobre todo los planes de él de construirle una casa antes de la boda. Obviamente, la amaba.

—«Espero impaciente el día en que tengamos nuestro propio hogar. Deseo que cuente con tu dulce aprobación, querida mía. Sinceramente tuyo, con todo mi corazón, Samuel» —leyó él—. Era un poco sentimental, ¿no crees? Quién lo diría a juzgar por el retrato severo suyo que tenemos.

—Ese retrato se pintó cuando él era de mediana edad, había logrado el éxito y era un pilar para su comunidad. Cuando escribió esta carta, era un joven enamorado deseoso de proporcionar un hogar a su novia.

—Parece que él también ha ganado tu corazón —señaló Bryn con cierta diversión.

—Me resulta bastante conmovedor —admitió ella, segura de que él nunca escribiría algo así ni aun estando profundamente enamorado.

—Hay materiales maravillosos aquí para un historiador. Estoy deseando leerlos todos.

Él estudió su rostro.

—Recuerdo ese mismo brillo en tu mirada después de que tu padre te comprara un poni y lo montaras por primera vez. Entraste como una exhalación en el desayuno para contárnoslo.

—Y me regañaron por eso —recordó ella.

Su padre le había hecho salir de la casa disculpándose profusamente ante sus jefes. En aquel instante, ella se había dado cuenta del abismo social entre su familia y los Donovan, aunque ellos nunca lo habían destacado.

—¿Todavía montas a caballo? —inquirió él.

—Llevo años sin hacerlo.

—No lejos de aquí tengo un caballo que suelo montar cuando puedo. Estoy seguro de que tendrían una montura para ti si quisieras.

–Me lo pensaré. Tengo mucho que hacer aquí.

Él le acarició la mejilla con el dorso de la mano.

–No puedes trabajar todo el tiempo. Hemos contratado una historiadora, no una esclava.

Ella intentó disimular su reacción ante la espontánea caricia: el corazón le había dado un vuelco.

–Desde luego, la paga no es de esclava precisamente, sino muy generosa.

–Mi madre está convencida de que lo vales.

–Y así es –afirmó ella, elevando la barbilla.

Antes de que terminara el trabajo, le demostraría que valía cada céntimo que le pagaban.

Él la miró con un brillo de diversión en los ojos.

–No has perdido tu chispa. Y no dudo que lo valgas, Rachel. Confío en el criterio de mi madre.

–A mí me parecía que tenías ciertas reservas importantes al respecto.

–Pero no referentes a tus habilidades...

La madre de Bryn les interrumpió ofreciéndoles tomar un café en la terraza.

–Deberíais conservar los documentos debidamente archivados en sobres a prueba de ácido. Si tuvierais esos sobres, yo podría ir conformando el archivo al tiempo que trabajo –comentó Rachel minutos después con su café en la mano.

–Compra lo que necesites –dijo Bryn.

–No vas a encontrar nada parecido en el pueblo –advirtió Pearl–. Tendrás que ir a la ciudad. Recuerdas que tienes un coche a tu disposición, ¿verdad?

–Sí. Tan sólo necesito volver a acostumbrarme a conducir por la izquierda.

–Será mejor que vayas con ella –le aconsejó Bryn a su madre y pocos instantes después se despidió.

La casa parecía más fría y vacía sin su presencia.

El viernes, Rachel le pidió a Pearl que la acompañara a la ciudad. Dejaron el coche en el aparcamiento del edificio de los Donovan y compraron unas cuantas cosas. Pearl, muy nerviosa, no se separó de Rachel en todo el tiempo. Luego tomaron café y tarta en una cafetería y regresaron al coche.

—¿Y si visitamos a Bryn ya que estamos aquí? —propuso Pearl.

—¿No estará ocupado?

—No tenemos que quedarnos mucho, sólo decirle hola. Ven, estoy segura de que se alegrará de vernos.

Rachel, no tan segura, la siguió al interior del edificio de suelo de mármol y paredes forradas de madera.

Un silencioso ascensor las llevó hasta la última planta, donde la secretaria de Bryn, una rechoncha mujer de mediana edad con unas enormes gafas redondas saludó a Pearl con grata sorpresa y las acompañó hasta el despacho de Bryn. A Rachel le gustó la mirada de aprobación de él antes de invitarlas a sentarse en dos grandes sillas frente a su escritorio.

Pearl relató entusiasmada su expedición de compras y Rachel, mientras, admiró el lugar. Todo el edificio destilaba buen gusto y dinero. A pesar de haber construido un imperio partiendo de un molino de agua hasta convertirse en una gigantesca empresa maderera, los Donovan no habían perdido de vista su historia.

Transcurridos quince minutos, Pearl anunció que era momento de marcharse. Bryn las acompañó al ascensor y, en el camino, agarró a Rachel suavemente del brazo.

—Gracias —le murmuró él al oído.

Al verle sonreír, Rachel sintió un cálido placer.

–¿Te veremos el fin de semana? –preguntó Pearl mientras esperaban al ascensor.

–Éste no, tengo otros planes.

–¿Con Kinzi? –inquirió ella, enarcando una ceja.

–De hecho, sí.

En aquel momento llegó el ascensor y Rachel se metió dentro con gran alivio.

Rachel trabajó la mayor parte del sábado, pero Pearl insistió en que se tomara el domingo libre.

–Puedes usar el coche si quieres –le ofreció.

–Mejor voy a dar un largo paseo y ver qué ha cambiado. Necesito hacer ejercicio.

Gran parte del terreno que ella recordaba había sido dividido en parcelas más pequeñas, donde vivían oficinistas que querían mantener contacto con la naturaleza o cuyas hijas tenían un poni. Donovan Falls, en tiempos unas cuantas chozas cercanas al abandonado molino de agua de los Donovan, había crecido hasta convertirse en aquella urbanización. Las cataratas que habían alimentado el primer molino del imperio Donovan seguían allí, rodeadas por un enorme terreno donado a la comunidad por el padre de Bryn. La gente hacía picnic y se bañaba en el agua.

Rachel se preguntó qué estaría haciendo Bryn en aquel momento... junto a aquella mujer llamada Kinzi. ¿Por qué pensar en eso le irritaba?

Por la tarde, Rachel se puso al día con su familia y amigos por e-mail y el lunes agradeció volver a sumergirse entre los documentos de los Donovan. Pearl la ayudó explicándole las conexiones familiares e identificando a las personas de las fotografías.

Lady Donovan se encontraba en el exterior regando las plantas cuando sonó el teléfono. Rachel contestó.

–¿Rachel? –saludó la voz grave de Bryn.

–Sí, soy yo. Tu madre está en el jardín. Ahora la llamo.

–Luego hablaré con ella. ¿Qué tal va todo?

–Ella está bien y mi trabajo marcha.

–¿Has tenido un buen fin de semana?

–Sí, gracias.

Se produjo un corto silencio expectante. ¿Acaso él esperaba que ella le preguntara acerca de su fin de semana? A Rachel se le encogió el estómago.

–El próximo te llevaré a montar a caballo. A menos que ya tengas planes –comentó él.

–Todavía no me lo había planteado...

–Bien, entonces nos vemos el domingo sobre las diez –dijo él y colgó antes de que ella pudiera oponerse.

Claro que tampoco quería hacerlo.

Por la noche, Pearl le dijo a Rachel:

–Bryn me ha comentado que vais a salir juntos a montar el domingo. Agradecerá tener compañía. Creo que Kinzi no monta a caballo.

–¿Su novia? –preguntó Rachel, forzando su tono despreocupado.

Pearl suspiró.

–Tal vez esto llegue a algo. Llevan bastante tiempo viéndose.

El domingo, Bryn se presentó con una pelirroja de ojos verdes y largas piernas, el cabello corto, con un corte de pelo difícil y carísimo. Un suéter de cachemira amarillo pálido y unos vaqueros ajustados moldeaban su escultural figura y sus botines de tacón alto la igualaban casi a la altura de Bryn. Una chaqueta vaquera corta completaba aquel modelo supuestamente informal.

Kinzi esbozó una sonrisa radiante a Rachel cuando las presentaron y anunció que había acudido para hacer compañía a Pearl mientras Bryn y Rachel «salían por ahí con los caballos».

Rachel se había puesto un suéter, unos vaqueros y zapatillas de deporte y sintió alivio al ver que Bryn también se había vestido de manera informal, salvo por sus botas de montar.

Una vez en el coche, hablaron sobre una pareja amiga que había visitado a Pearl esa semana, los únicos visitantes desde que Rachel se alojaba en la casa.

–Creo que no se veían desde el entierro de mi padre –comentó Bryn–. De hecho, pasados los dos primeros meses apenas nadie ha ido a verla. Y ella no ha mostrado ningún interés en retomar su vida social sin mi padre.

–Dale tiempo –murmuró Rachel.

Bryn no pareció muy convencido. No estaba acostumbrado a esperar a que las cosas sucedieran a su propio ritmo.

Llegaron al centro hípico, en mitad de la naturaleza. El caballo de Bryn se alegró de verle y a Rachel le dieron una yegua pequeña y bonita.

Comenzaron a paso lento por un camino ancho y, cuando Rachel se hubo hecho a su montura, disfrutaron de unos gloriosos galopes a través de verdes praderas. Desmontaron en lo alto de una colina desde la cual se divisaba el Pacífico, los campos moteados de ovejas, el cielo azul.

Se quitaron los cascos y se sentaron sobre una piedra, uno junto al otro. Durante unos minutos, ninguno dijo nada.

–No me había dado cuenta de lo mucho que extrañaba Nueva Zelanda hasta que regresé –comentó ella como para sí misma.

–¿Y echas de menos Estados Unidos?

–Algunas cosas sí. Pero mi corazón está aquí.

–¿Echas de menos a tus amigos de allí? ¿A algún hombre?

Ella sabía que él estaba mirándola, pero no se giró hacia él.

–A mis amigos, sí. Hombres, a ninguno en especial. Si hubiera habido alguno, la partida habría sido más difícil.

–A Kinzi le han ofrecido un ascenso, un traslado a Australia.

Ella le miró entonces, pero no pudo descifrar sus pensamientos. Él tenía la mirada clavada en la hierba. Rachel se sintió en la obligación de decir algo.

–¿Va a aceptarlo? –preguntó–. ¿En qué trabaja?

–Todavía no ha decidido si lo acepta o no. Es editora de una revista de moda y los dueños, australianos, quieren que se haga cargo de varias de sus publicaciones en su país. Es una gran oportunidad para ella. No quiero retenerla.

–¿Ella te permitiría que lo hicieras?

–Tal vez sí –respondió él y se puso en pie con la vista fija en el horizonte–. Si le pidiera que se casara conmigo.

A Rachel le dio un vuelco el corazón. ¿Por qué le estaba contando aquello? Ella ya había tenido suficiente. Recogió su casco y se acercó a los caballos, que estaban pastando.

–Si es lo que tú deseas, sería mejor que se lo pidieras –le dijo.

Se puso el casco y se subió a la yegua, que relinchó y se removió inquieta antes de que Rachel pudiera colocarse bien. Bryn sujetó las riendas y tranquilizó a la yegua hasta que Rachel encontró el otro estribo.

–¿Ése es tu consejo?

Ella lo miró exasperada, aunque no sabía por qué.

–Yo no soy tu consejera –le espetó–. Tú verás lo que haces. Claro que dejarla también podría ser una muestra de amor.

Con un nudo en la garganta, Rachel agarró sus riendas y puso a su yegua en marcha. Bryn se apartó, enarcando las cejas y sonriendo. Luego se subió a su caballo y al poco tiempo alcanzó a Rachel. Volvieron a galopar un rato y, al llegar al camino ancho, pusieron a sus monturas al paso.

–No acostumbro a comentar mis... asuntos del corazón –dijo Bryn con cierto tono irónico–. ¿Te he ofendido?

–No estoy ofendida.

–Podrías haberme engañado –murmuró él–. ¿Se trata de un caso de solidaridad femenina? ¿Puede más eso que una vieja amistad?

–Tú y yo nunca fuimos auténticos amigos –replicó ella–. Nos llevábamos muchos años.

–Nuestras familias sí eran amigas.

–Mi familia era empleada de la tuya –le recordó ella.

Él frunció el ceño.

–No me vengas ahora con prejuicios, Rachel.

–Tan sólo estoy exponiendo un hecho.

–¿Por qué estás enfadada conmigo? –inquirió él

sujetando las riendas de ella y haciendo detenerse a los dos caballos.

–No estoy enfadada.

Era una verdad a medias. Lo que estaba era molesta consigo misma por que le importara la vida amorosa de Bryn. Como una resaca tras un bobo enamoramiento de adolescente.

–Lo que ocurre es que no puedo ayudarte –añadió.

–Tampoco lo esperaba, sólo estaba pensando en voz alta –señaló él.

Como si ella no estuviera delante, pensó Rachel con amargura. Tiempo atrás, le hubiera encantado que él le hiciera confidencias.

La yegua relinchó y sacudió las crines. Rachel quiso hacer lo mismo. En lugar de eso, dejó que su montura trotara hasta llegar al centro hípico del que habían partido.

De regreso en Rivermeadows, se encontraron con que Pearl había preparado una comida fría en la terraza.

Bryn quiso bañarse antes en la piscina. Rachel declinó la oferta, pero Kinzi se cambió a un diminuto biquini que mostraba su figura perfecta. Mientras Rachel ayudaba a llevar la comida a la terraza, sólo escuchaba las risas de la mujer y de Bryn.

La pelirroja destacó en la comida con sus bromas y comentarios que Rachel no encontraba tan graciosos. Terminada la comida, Rachel se excusó, subió a su habitación a por un libro y buscó un rincón tranquilo en el jardín. Llevaba ahí un tiempo cuando oyó las voces de Bryn y Kinzi acercándose. Dado que no quería husmear en su conversación, cerró el libro y se levantó, enredándose el pelo con unas ramas. Estaba retirándose las hojas del cabello cuando los otros dos aparecieron al girar una curva y se detuvieron ante ella.

Kinzi soltó una risita. Bryn contuvo la sonrisa a duras penas.

–He estado leyendo –se justificó Rachel–. Pero ahora ya hace fresco.

Decidida, dio un paso adelante y Bryn se hizo a un lado. Ella no se giró a ver cómo se alejaban.

En su habitación, se cepilló el cabello y, tras dejarlo suelto, se tumbó en la cama e intentó continuar leyendo pero, tras un rato, se levantó y se aproximó a la ventana que daba al jardín trasero.

Al poco, vio a Bryn salir de entre los árboles con Kinzi colgada de su brazo. Se detuvieron bajo una pérgola. Kinzi miró a Bryn y dijo algo que parecía un ruego. Luego lo abrazó por el cuello y lo besó.

Rachel vio a Bryn sujetarla por la cintura mientras ella se apretaba contra él, de puntillas. Y entonces, él se inclinó sobre ella y sus bocas se unieron.

Capítulo 3

RACHEL se apartó de la ventana, inspiró hondo y soltó el aire tensa. ¿Por qué no podían Kinzi y Bryn hacerse los arrumacos entre los árboles? ¿O en el cenador? Relajó las manos al darse cuenta de que las tenía en puño. El beso tal vez fuera la continuación de otras intimidades, se dijo sombría.

«No pienses en eso», se ordenó. Pero no podía evitarlo. ¿Le habría pedido Bryn a Kinzi que se casara con él? ¿Sería ese beso la forma de sellar su acuerdo? Rachel intentó convencerse de que si así fuera se alegraría por él. Pero lo único que sentía era una terrible angustia.

Oyó voces de nuevo en la terraza. Luego, silencio: ellos habían entrado en la casa. Rachel decidió no bajar. Si iban a darle la noticia a la madre de Bryn, era un asunto familiar. Después de oír voces de nuevo, esa vez en la entrada, y luego la puerta cerrándose, esperó veinte minutos y bajó. Pearl estaba sola en la terraza. Rachel fingió sorpresa ante la marcha de los otros dos. Nada indicaba que hubiera habido un anuncio de compromiso. Rachel tragó saliva y se ofreció a recoger la mesa.

Rachel fue a ver a sus padres el siguiente fin de semana. Transcurrieron diez días antes de que viera a Bryn de nuevo.

Durante la noche, una borrasca se había instalado sobre ellos y Rachel había renunciado a su carrera matutina.

A mediodía tronaba intermitentemente y llovía con fuerza. El jardín estaba inundado, con algunas plantas tronchadas por el fuerte viento. En la casa, Rachel tuvo que encender las luces para poder leer. La asistenta de hogar avisó por teléfono de que no acudiría porque había aviso de tormenta peligrosa.

Bryn llegó justo antes de cenar, empapado a pesar de su impermeable.

—Me he detenido en el pueblo antes de venir aquí. Están amontonando sacos de arena por si el río se desborda. Ésta promete ser una tormenta de las que no se olvidan fácilmente. Voy a quedarme aquí esta noche. Si hay problemas en el pueblo, me avisarán para que acuda a ayudar —informó y subió a darse una ducha y ponerse ropa seca.

Pearl, cuyo nerviosismo había ido aumentando más y más durante el día, pareció aliviada y se animó a cocinar el postre favorito de él.

Rachel la acompañó a la cocina y añadió un servicio más a la mesa.

—¿Podrías llevarle esto a Bryn mientras yo preparo la cena, por favor? Es zumo de limón, miel y ron. Bryn necesita algo caliente cuanto antes —le pidió Pearl, tendiéndole una taza humeante.

Sin opción a negarse, Rachel tomó la taza y subió a la habitación de Bryn. Llamó a la puerta, pero no obtuvo respuesta; seguramente él todavía se encontraba en la ducha. Como no quería encontrárselo saliendo del baño, esperó un poco y, cuando oyó movimiento al otro lado de la puerta, volvió a llamar.

–Un momento –dijo él con su voz grave y transcurrieron unos instantes–. Ya puedes.

Rachel abrió la puerta. Él estaba descalzo y llevaba puestos unos vaqueros, aunque sin cerrar. Tenía el torso desnudo y estaba secándose el pelo con una toalla. Sobre la enorme cama reposaba una camisa seca.

Rachel había dado un par de pasos, pero se detuvo en seco ante la masculinidad que emanaba de él. Si con ropa ya era impresionante, a medio vestir quitaba el aliento.

Al verla, él también se detuvo en seco, cual estatua griega.

–¡Rachel! –exclamó él sin elevar la voz.

Él no había encendido la luz y un rayo que se vio por la ventana iluminó brevemente su rostro, cuyos ojos centelleaban. El trueno que siguió se oyó aún lejos, un murmullo amenazador.

–Tu madre me ha pedido que te trajera esto –explicó Rachel, decidida a comportarse como si verlo en aquellas condiciones no la hubiera encendido por dentro–. ¿Dónde te lo dejo?

–Dámelo. Ella no tiene derecho a hacer eso. Tú no eres su sirvienta.

–No te preocupes, no me importa. Pearl me lo ha pedido como un favor de amiga y yo estoy encantada de hacerlo. No le des más importancia.

Él se quedó pensativo con la boca fruncida y al cabo de unos momentos se relajó.

–¿Estás segura?

–Completamente. Sé defender mis derechos cuando es necesario.

Él soltó una carcajada.

–Siempre has sabido hacerlo –dijo y lanzó la toalla sobre la cama.

Rachel siguió la trayectoria de la toalla y, al volver a mirar a Bryn, le pareció ver un brillo en sus ojos antes de tomar la camisa y ponérsela. Ella se dio cuenta de que estaba mirándole como embobada.

Otro relámpago iluminó la habitación, seguido de un trueno más potente que el anterior. Rachel dio un respingo.

—¿Te asustan las tormentas? —inquirió él.

—No. Tu madre parece nerviosa. ¿Por eso has venido? —preguntó ella, advirtiendo lo rápidamente que él estaba abrochándose la camisa.

—Y porque es posible que se produzca una inundación —contestó él.

Abrió un armario y sacó unas botas de cuero suave.

—En la década de los cincuenta, el agua rodeó la casa y se quedó tan sólo a quince centímetros de la puerta, según mi padre.

—¿De veras? Supongo que encontraré alguna referencia al respecto.

Bryn se peinó y parecía dispuesto a marcharse cuando Rachel le preguntó:

—¿Y tu bebida?

Él agarró la taza y se bebió el contenido de un trago..

—Muy bien, bajemos.

Aunque Bryn agradeció el bizcocho de chocolate que su madre había cocinado en su honor, parecía bastante preocupado. Conforme los truenos y relámpagos aumentaban, Pearl se estremecía y palidecía cada vez más. En cuanto terminaron de cenar, ella subió a su habitación «a esconderse bajo las sábanas hasta que todo hubiera pasado».

Bryn y Rachel recogieron la cena.

–¿Te tomas una última copa conmigo, Rachel? –invitó él.

Fueron a la sala de estar y, mientras Rachel echaba las gruesas cortinas, Bryn sirvió una copa de crema irlandesa para Rachel y de brandy para él. Aunque la casa gozaba de calefacción central, Bryn encendió la chimenea.

Acababa de regresar a su asiento cuando se fue la luz.

Rachel ahogó un grito.

–¿Esto te incomoda? –preguntó él, iluminado por el fuego de la chimenea–. Iré a buscar unas velas si quieres.

–No importa.

Bryn salió un instante a comprobar que el teléfono seguía funcionando y regresó.

Suponía una extraña intimidad estar allí sentados frente a la chimenea. Después, Rachel no sería capaz de recordar de qué habían hablado, sólo que habían estado allí mucho tiempo, que él le había rellenado la copa más de una vez y que su ánimo sombrío de todo el día se había ido suavizando.

Sólo quedaban brasas en la chimenea y el reloj sobre la repisa marcaba más de medianoche cuando Rachel ahogó un bostezo.

–Será mejor que me vaya a la cama antes de que me quede dormida aquí mismo.

Bryn le dirigió una sonrisa perezosa, se puso en pie con su copa vacía en la mano y recogió la de ella.

–Espera –le dijo–. Voy a traerte algo de luz.

Ya no se oían truenos y la lluvia había amainado, pero seguía sin haber luz.

Rachel se sentó unos minutos contemplando los restos del fuego y luego se puso en pie y se estiró medio dormida. No había oído regresar a Bryn, así que cuando él la enfocó con una linterna, ella bajó los brazos bruscamente, sorprendida.

Él esperó en la puerta a que ella se acercara, le tendió una palmatoria con una vela nueva y la acompañó por las escaleras. Una vez arriba, pasaron silenciosamente por delante del cuarto de Pearl y se detuvieron frente al de ella. Bryn la siguió al interior.

–No creo que tengas cerillas aquí –señaló.

–Cierto, no tengo.

Él apoyó la linterna sobre la cómoda, sacó una caja de cerillas de su bolsillo y prendió una. Encendida la vela, la dejó sobre el tocador.

El espejo reflejaba la imagen de los dos: ella le llegaba a la altura de la barbilla a él y se hallaban tan cerca, que sus hombros casi se tocaban. Por unos instantes, sus ojos se encontraron en aquel otro mundo reflejado y algo sucedió entre ellos.

Ella se giró al tiempo que él recogía la linterna.

–Quédatela también si quieres –le ofreció él.

Ella negó con la cabeza, incapaz de hablar. Seguro que ese momento chispeante había sido una imaginación suya, una mezcla perturbadora entre la noche, la luz de la vela y el espejo.

–Buenas noches, Rachel –dijo él y la besó en la mejilla, se irguió inmediatamente y se dirigió hacia la puerta.

Rachel seguía sin poder moverse, viéndole alejarse, cuando él se detuvo de pronto.

–Al diablo –murmuró él, dándose la vuelta y apagando la linterna al tiempo que se regresaba junto a Rachel.

A la luz de la vela él parecía grande y peligroso, con la mandíbula apretada, los pómulos acentuados y los ojos brillando de deseo. Pero posó sus manos con suavidad sobre el rostro de ella para hacer que le mirara. Y sus labios fueron suaves y tiernos cuando se posaron sobre los de ella y la urgieron dulcemente a abrirse para él.

A Rachel se le disparó el corazón y apretó los puños. Se contuvo para no abrazarle y no dejarle marchar nunca al tiempo que su boca se perdía irremediablemente en el sabor y la textura de la de él, que estaba alterándola con dulces mordisqueos en los labios.

Pero mientras ella sentía que su cuerpo la urgía a olvidarse de todo salvo de aquel momento, de Bryn y de lo mucho que le deseaba, su mente recordó a Kinzi haciendo exactamente lo mismo que ella estaba deseando y a Bryn correspondiéndola.

Apoyó las manos sobre el pecho de él e intentó separarse. Él pasó de sujetarla por la cabeza a hacerlo por la cintura, apretándola más contra sí.

De aquella manera había sujetado a Kinzi mientras la besaba, recordó Rachel. La ira acudió en su ayuda. Golpeó el pecho de él con los puños y, cuando él la soltó, ella se tambaleó hasta el tocador y se agarró al tablero mientras tomaba aire entrecortadamente.

–¿Qué ocurre? ¿Cuál es el problema? –preguntó él, aturdido.

–¿Kinzi, por ejemplo? –respondió ella en tono acusador.

–Kinzi –repitió él como si fuera la primera vez que oía ese nombre–. Hice lo que tú me dijiste.

¿Él le había propuesto matrimonio? El enfado de Rachel iba en aumento.

–Entonces, ¿qué demonios estás haciendo besándome a mí? –le espetó.

–Ella va a irse a Australia.

A Rachel le daba vueltas la cabeza. Ella le había aconsejado que le pidiera matrimonio a Kinzi si eso era lo que él deseaba. ¿Kinzi le había rechazado? Entonces, recordó que él había dicho que no quería retenerla.

Ya fuera motivado por el ego herido de él, por una reacción de rebote, o simplemente por buscar consuelo, cualquier mujer razonablemente atractiva podría haber recibido el beso que ella podía sentir aún en sus labios, pensó Rachel. Ella tan sólo había sido la más accesible en aquel momento. La invadió la ira.

–¡Así que pensaste: «la buena de Rachel la reemplazará»!

–¡Nunca he pensado nada parecido! –la interrumpió él acercándose, echando chispas por los ojos–. Me conoces lo suficiente como para saber que no lo haría.

–Y tú no me conoces en absoluto –le acusó ella–. Ya no soy una niña ni una adolescente impresionable.

–¡Por supuesto que no! Si lo fueras, yo nunca habría...

Él enmudeció de pronto y lo siguiente lo dijo entre murmullos:

–No estaba pensando con la cabeza. Quería besarte y... no se me ocurrió que te opondrías. Te has tomado tu tiempo para detenerme.

–No sabía que ibas a besarme –protestó ella.

Era cierto, pero si no le había respondido con mucho entusiasmo, tampoco le había rechazado nada más comenzar.

Bryn ladeó la cabeza sin dejar de mirarla y ella se sintió sometida a una incómoda y certera evaluación.

–¿Kinzi es tu único problema? –inquirió él.

–No. ¿Le has pedido que se case contigo?

Hubo un momento de silencio.

–No –respondió él, obviamente no dispuesto a hablar más del tema.

Bryn no era persona que aireara sus asuntos amorosos. Lo que hubiera ocurrido entre Kinzi y él quedaría entre ellos.

–El viernes por la noche será el último día que Kinzi y yo nos veremos –anunció, sorprendiendo a Rachel–. Le he prometido una cena de despedida.

«¿Y qué más?», se preguntó Rachel y se apresuró a desviar sus pensamientos de aquella dirección.

–Siento que lo vuestro no saliera adelante –dijo, aunque dudando de que Kinzi no intentara algo en el último momento–. Va a ser una desilusión para tu madre. A ella le gustaría que te casaras.

Él se encogió de hombros.

–Y eso haré, en su momento.

Él volvió a mirarla pensativo y ella se removió incómoda, esperando que él no creyera que estaba lanzándole alguna indirecta.

–Es tarde –dijo ella resueltamente–. Y casi ha parado de llover. Puedes irte a dormir ya.

Él sonrió con ironía y asintió.

–Que duermas bien –dijo y salió, cerrando la puerta firmemente tras él.

Rachel se quedó contemplando la puerta unos minutos y luego empezó a quitarse las horquillas del moño con nerviosismo, intentando calmar las emociones encontradas que impedían descansar a su mente.

Incluso después de haberse puesto el pijama y metido en la cama, ira, indignación, confusión y deseo se mezclaban caóticamente en su mente. Su cuerpo a ratos le ardía y a ratos se le ponía con la piel de gallina, mientras que no podía dejar de pensar en que, cualquiera que fuera el impulso que había movido a Bryn a besarla, ella no había tenido nada que ver. Tan sólo se repetía lo que ya había sucedido antes.

Más mayor y con más mundo, ella no iba a caer en la misma trampa que de adolescente. Esa vez, él tendría que consolarse solo.

Bryn se había tirado sobre la cama todavía vestido. Mientras contemplaba bocarriba la oscuridad de su habitación, se reprendió por tonto. Tal vez fuera un hombre de negocios extraordinario, pero en aquel momento su vida personal estaba hecha trizas.

Kinzi habría necesitado muy poco para quedarse en Nueva Zelanda si él le hubiera ofrecido un anillo de compromiso y planes de boda. De hecho, eso era lo que él tenía pensado hacer hasta hacía muy poco. Pero a la hora de la verdad no había sido capaz.

Al poco de cumplir los treinta, había llegado a la conclusión de que nunca encontraría a la mujer de sus sueños. De hecho, la única que aparecía en ellos era Rachel y él hacía mucho tiempo que la había declarado inalcanzable. Si los hermanos de ella supieran lo que sucedió cuando ella contaba diecisiete años...

«No sigas por ahí», se ordenó. Pero, tal y como

ella había dicho, ya no era aquella adolescente ingenua a quien él casi había seducido, recuerdo que le alteraba todavía. Cerró los ojos fuertemente y se los tapó con los brazos, asaltado por una culpa demasiado familiar.

Entonces recordó los labios suaves y dulces de ella al recibir su beso. Un beso que él no había planeado darle, pero que no había podido evitar tras sentir la piel cálida de ella y su embriagador aroma al desearle buenas noches con un beso en la mejilla. Y por el brillo de los ojos de ella a la luz de la vela, él juraría que ella había deseado que la besara.

Maldición, él había intentado resistirse, se había encaminado hacia la puerta antes de que su cerebro se rindiera a la urgencia de sus sentidos. Y ella no había protestado hasta que había sido demasiado tarde, hasta que él ya se había perdido en ella y la había apretado contra sí para sentir sus adorables curvas de mujer adulta.

«Es una empleada», se dijo. Recordó que ella había dejado muy claro que su familia había trabajado para la de él, como si eso fuera importante. Tal vez para ella lo fuera. Tal vez no quisiera rechazar al hombre que pagaba su salario. ¿Qué había ocurrido con su regla de no mezclar los negocios con ese placer particular?, se reprochó.

«Mi madre es quien la ha contratado. Es diferente. No tiene nada que ver con mi empresa», se dijo y se removió inquieto en la cama.

Se incorporó: necesitaba un trago.

«Esta noche ya has bebido más de la cuenta», le dijo una vocecita.

«No estoy borracho. Esta vez no», contestó él.

No había vuelto a beber más de la cuenta desde que... desde la anterior vez que había besado a Rachel Moore.

Gimió y se metió en el baño, se quitó la ropa y, apretando los dientes, se metió bajo el agua fría.

Al día siguiente, Bryn se había marchado de la casa cuando Rachel bajó a desayunar.

La tormenta había seguido hacia el sur, donde estaba causando estragos. En Rivermeadows el sol brilló, empezando a secar los anegados jardines.

El viernes, con ayuda de Pearl, Rachel clasificó la mayor parte de los materiales por orden de fecha. Aquella noche intentaba leer una novela histórica poco precisa mientras Pearl escuchaba música y hojeaba una revista.

La mujer, bastante pálida, admitió sentirse cansada después de haber pasado la tarde arreglando plantas que la tormenta había dañado mientras el jardinero se ocupaba de las ramas caídas y los arbustos arrancados de raíz. Por una vez, ella había aceptado la oferta de Rachel de recoger sola la cena.

Recordando la petición de Bryn, Rachel se preguntó si debería avisarle. Aquélla era la última noche de él con Kinzi. Rachel no lograba sacarse esa idea de la cabeza. Así que, dado que Pearl se retiró a su habitación temprano, Rachel se dirigió al salón de fumar con la esperanza de embeberse en el trabajo.

Después de un rato, lo consiguió y, cuando oyó detenerse un coche frente a la casa y abrirse la puerta principal, le sorprendió comprobar que eran más de las diez y media.

Era una hora muy temprana para que Bryn se hubiera despedido de Kinzi. Rachel no esperaba verle hasta el sábado.

Él abrió la puerta entornada y se acercó a ella a grandes zancadas.

–No estarás trabajando a estas horas, ¿verdad?

–Pronto termino –dijo ella mirándole desde su asiento–. No quería hacer otra cosa.

–Aquí no encuentras mucha diversión, ¿verdad? –comentó él, apoyándose en el escritorio para estudiar mejor su rostro.

–A mí me gusta –aseguró ella, intentando adivinar el estado de ánimo de él sin que resultara muy obvio.

Él estaba serio. Le pareció advertir tensión en su rostro.

–¿Cómo ha ido tu cena?

En cuanto las palabras salieron de su boca, ella supo que no debería haberlas pronunciado.

El rostro de él se endureció y frunció la boca. Luego soltó una breve carcajada irónica y, agarrando un bolígrafo, comenzó a juguetear con él.

–Tan bien como podía esperarse –respondió él–. Ha sido muy civilizada y triste.

¿Triste? Rachel tragó saliva mientras observaba las manos de él devolviendo el bolígrafo a su lugar.

–¿No habéis...?

–No –respondió él, poniéndose en pie y acercándose a las ventanas–. Ella está entusiasmada, deseando comenzar ese nuevo empleo en un país nuevo.

–Tal vez haya disimulado su frustración.

–Kinzi es ambiciosa. Lo superará.

–Tú también.

–Sí –dijo él mirándola tan fijamente, que Rachel se puso nerviosa.

–Tu madre está bastante cansada. Ha estado arreglando los daños de la tormenta en el jardín.

Bryn se irguió y frunció el ceño.

–Le dije que nos ocuparíamos el jardinero y yo. ¡Para eso tenemos empleados!

–A ella le divierte y el jardinero se ha ocupado de lo más duro. Pero creo que hoy tu madre se ha extralimitado.

Él había comenzado a pasearse con las manos en los bolsillos.

–Ojalá se mudara... Este lugar es demasiado grande para ella.

–No lo hará hasta que...

Él se detuvo al otro lado de la mesa.

–Hasta que se mate tratando de mantener todo esto –dijo él.

–Es tu herencia –le recordó Rachel–. Si tú tuvieras una familia, ella se marcharía tan contenta. Por eso mantiene este lugar. Y no es culpa mía, así que puedes dejar de fruncir el ceño.

–Lo siento –se disculpó él, pero siguió igual–. Su médico dijo...

Dado que él no continuó, Rachel se preocupó.

–¿A Pearl le ocurre algo?

Bryn sacudió la cabeza con exasperación.

–A pesar de que hace años que lo conozco, ese maldito hombre no rompe la confidencialidad de sus pacientes, pero sí me lanzó alguna indirecta de que debía vigilarla. Lo único que logré arrancarle fue que ella no tiene cáncer ni nada amenazador a tan corto plazo.

–Entonces probablemente no sea algo grave –aventuró Rachel.

Él hizo una mueca.

–Siempre consolando a los demás.

Eso molestó a Rachel. Se puso en pie y habló con cierto distanciamiento.

–Me voy a dormir. Pearl seguramente estará bien por la mañana –dijo y se dio cuenta de que de nuevo había ofrecido consuelo indeseado.

Él la detuvo por el brazo e hizo que lo mirara.

–No pretendía burlarme de ti –se disculpó–. Hoy he tenido un día horrible, uno de mis trabajadores ha sufrido un accidente laboral, luego la cena con Kinzi y ahora la noticia sobre mi madre. Ha dado la casualidad de que estabas aquí cuando ya no he podido más.

Igual que casualmente ella había estado allí cuando él había deseado besar a alguien, se mortificó Rachel.

Él le acarició la mejilla con un dedo y aquel gesto la alteró.

–Por favor, Rachel, no me mires así –imploró él.

Ella apartó la mejilla de la mano de él.

–¿Cómo?

–Como un gatito al que acaban de dar una patada.

–¡En absoluto! –exclamó ella, fulminándolo con la mirada.

Él rió alegremente.

–De acuerdo. Pues como un gato ya crecido y muy ofendido a punto de bufar –dijo él y ladeó la cabeza–. Un gato de grandes ojos color chocolate con motas doradas.

Rachel apartó la mirada con gran esfuerzo.

–Te veré por la mañana –dijo, intentando sonar tranquila, soltándose de él.

Bryn la observó subir las escaleras sin perder detalle: la cabeza alta, un rizo suelto en su nuca, su trasero moviéndose bajo los vaqueros ajustados...

Luego, fue a la cocina y se tomó un café mientras repasaba el ajetreado día. No se había sentido tentado de rogarle a Kinzi que se quedara con él. La recordaría con calidez y cierta pena, pero la pena desaparecería. Así había sucedido hasta entonces.

En cuanto a su madre, él sospechaba que su corazón no funcionaba todo lo bien que debería.

Aquella noche, al ver a Rachel tan concentrada en uno de los viejos documentos, la carga que él había ido acumulando durante el día se había aligerado de pronto. Pero la noticia del cansancio de Pearl le había devuelto a sus responsabilidades.

Y él había hecho daño a Rachel, le había contestado bruscamente sin ninguna razón. Ella nunca guardaba rencor y había logrado que él riera al despedirse. Ella siempre había tenido la capacidad de hacerle reír. Hasta que él había cometido uno de los mayores errores de su vida y no había sabido cómo arreglarlo. Ella había tenido que reponerse sola. Era fuerte además de comprensiva e inteligente.

Se acercó a la ventana de la cocina con la taza en la mano. Sólo se veían sombras, pero él sabía exactamente dónde se encontraba el cenador. Aquél en el cual una oscura tarde de otoño la chica a la que él siempre había visto como la vecina le había encontrado intentando emborracharse hasta perder el conocimiento.

Capítulo 4

POR aquel entonces, él todavía vivía en Rivermeadows y trabajaba en la empresa familiar como
asistente de su padre. Dado que la casa era grande, tenía dos habitaciones para él solo y desde los die-
ciocho años había entrado y salido a su antojo.

Aquella noche les dijo a sus padres que salía con
unos amigos, pero en lugar de eso se armó con doce
latas de cerveza y un saco de dormir, con la idea de
pasar la noche en el cenador, como había hecho de pequeño con sus amigos o sus primos algunas veces.
Pero en aquella ocasión no quería compañía.

Así que cuando Rachel apareció de repente y ahogó un grito al ver el lugar ocupado, ¿por qué no la había echado de allí en lugar de decirle «No pasa nada,
soy yo, Bryn»?

Ella parecía flotar y durante un instante la luna que
se colaba entre los árboles delineó sus piernas bajo el
fino vestido blanco que llevaba. Él reparó en que las
formas antes de niña se habían transformado en tobi-
llos delgados, gemelos firmes, muslos redondeados...
Se detuvo ahí, confuso no sólo por la cerveza que ya
llevaba bebida. No recordaba la última vez que la había visto con un vestido.

–¿Qué estás haciendo aquí? –le preguntó él en
tono áspero–. Deberías estar en la cama.

Ella rió de una forma muy poco infantil, sorprendiendo a Bryn.

–No es tan tarde. No soy una niña, ¿sabes?

Él no lo sabía, al menos hasta aquel momento. Vagamente recordó que ella había cumplido los dieciséis el año anterior. «La edad del consentimiento», le susurró una voz en su interior.

Apartó esa idea de su cabeza. A él no le interesaban las adolescentes. Y ella era Rachel, la conocía desde que ella tenía cinco años.

–¿Vas a dormir aquí? ¿Por qué? –había preguntado ella sentándose grácilmente sobre el saco de dormir cerca de él.

–Porque quería estar solo.

Ella no ocultó su desilusión.

–Lo siento. ¿Quieres que me vaya?

–No –respondió él sin saber lo que deseaba, pero extrañamente contento de que ella estuviera allí–. Pero te aviso, estoy bebiendo. No soy muy buena compañía.

–Yo también quería estar sola –comentó ella–. Pero no me importa que estés aquí.

–Bien –dijo él y abrió otra lata de cerveza–. ¿Cuál es tu problema?

–No creo que te interese –contestó ella.

–Inténtalo.

Tal vez escuchar la nimia preocupación de una adolescente le haría olvidarse unos instantes de su autocompasión alternada con ira justificada.

Ella lo miró fijamente.

–Ya sabes que pronto nos iremos a Waikato, que nos marcharemos de aquí.

Él asintió. Se dio cuenta de que la echaría de menos. El nudo de su estómago se apretó un poco más.

–¿Estás asustada? Todo irá bien, harás nuevos amigos –le aseguró él–. Y seguro que la universidad te irá fenomenal. Eso no te preocupa, ¿verdad?

–No, pero sí me pone nerviosa pensarlo –dijo ella y se quedó pensativa como sopesando hasta dónde podía confiar en él–. Es sólo que... creo que estoy enamorada.

Bryn rió ante la ironía.

Ella se puso en pie con intención de salir corriendo. Bryn la tomó de la mano y la hizo volver junto a él.

–Lo siento. No me reía de ti.

–Sí que lo has hecho.

Ella estaba rígida a su lado, con la cabeza baja. Él advirtió el brillo de lágrimas en su mejilla.

–No –le aseguró, rodeándole los hombros con un brazo a modo de consuelo–. Es sólo que... ¡qué demonios! Que yo tengo el mismo problema.

Ella se relajó ligeramente y se secó las mejillas con disimulo antes de mirarle.

–¿Ella no te corresponde? –preguntó ella como si fuera algo inconcebible.

Él dio un trago a su cerveza.

–Yo creía que sí, pero se ha acostado con mi mejor amigo –confesó él, aplastando la lata con una mano.

–Lo siento –dijo ella abatida y su rostro adquirió una determinación feroz–. ¡Entonces ella no te merece!

–Gracias –dijo él con amargura–. Yo creía que ella era especial. Ojalá me lo hubiera contado... O él. Cuando lo he descubierto, me he sentido... ¡maldita sea!

Lanzó la lata a los arbustos, consciente de que por la mañana tendría que recogerla.

–¿Es la primera vez que te enamoras? –inquirió ella tímidamente.

–Creí estarlo cuando... –se detuvo y carraspeó al darse cuenta–. Cuando tenía tu edad. Y un par de veces más después. Pero ésta era mi primera relación seria, creía que era diferente y que duraría.

–¡Yo no creo que nunca pueda amar a ningún otro! –exclamó ella fervientemente.

Esa vez él contuvo su risa.

–Todos lo pensamos al principio. ¿Lo sabe él?

Ella negó con la cabeza.

–No puedo decírselo. A él no le gustaría saberlo.

–¿Por qué no? Eres una chica muy guapa, lista, divertida...

–¿Crees que soy guapa? –inquirió ella, emocionada.

Bryn iba a contestar sin pensarlo, pero se detuvo a contemplarla detenidamente. La luz pálida de la luna moldeaba la suave frente de ella, sus grandes y luminosos ojos y una boca de lo más apetitosa. Parecía una de las rosas de su madre, a punto de abrir el capullo.

–Sí –afirmó con la boca seca de pronto–. Eres muy guapa, Rachel.

Ella suspiró hondo.

–Gracias, Bryn.

Ella se había acercado y él notó el roce de uno de sus senos en su torso. ¿Rachel tenía senos? No eran los bultos que él había advertido cuando ella empezaba a desarrollarse. Aquéllos eran senos llenos y firmes, aunque suaves.

«Sólo tiene diecisiete años», se recordó a sí mismo. Se separó de ella y agarró otra cerveza para tener las manos ocupadas. Aún estaba fría: se planteó colo-

cársela en la entrepierna, donde se sentía incómoda-
mente caliente.

–Será mejor que regreses a casa. ¿Tus padres no te
echarán de menos?

–Han salido. Y a mis hermanos les he dicho que
me iba a leer a mi habitación. Ellos no entran allí y yo
estaré de regreso antes de que mis padres vuelvan.

–¿Has hecho esto antes? No deberías pasearte por
ahí sola por la noche. No es seguro.

–No me paseo. Sólo vengo aquí. Es un buen lugar
para pensar.

Él se puso en pie y tiró otra lata vacía a la basura.

–No pretendía aburrirte con todo esto. Iba a olvi-
darme de todo ello yo solo –señaló.

–No me importa –dijo ella.

Entonces también se puso en pie, se acercó a él y lo
abrazó, al tiempo que apoyaba la cabeza en su hombro.

–Lo siento –susurró–. Ojalá pudiera hacer algo por
ti, Bryn.

Le miró con los ojos llenos de lágrimas y la boca
entreabierta. Sus senos se apretaron firmes contra el
pecho de él. «No lleva sujetador», advirtió él. ¡Lo que
ella vestía era un camisón!

Él la sujetó por los hombros para apartarla de sí y,
justo cuando iba a decir algo, ella se puso de puntillas
y lo besó en la boca con gran dulzura.

Él notó su cuerpo gritando «sí». Su mente dijo un
leve «no» antes de desconectarse.

Y entonces él se perdió por completo.

Bryn cerró los ojos fuertemente y los abrió de nuevo. «No entres en eso». Ya tenía suficientes preocupa-

ciones como para además revivir aquel particular episodio. Rachel había perdonado, y según ella olvidado, lo sucedido aquella noche.

Bryn se levantó y se dio una ducha fría que obtuvo el resultado deseado, pero además le quitó el sueño.

Al día siguiente, tendría que hablar con la familia del empleado accidentado así como con los inspectores estatales de seguridad. La inspección no le preocupaba demasiado, se arreglaría con un juicio y mucho dinero. Hablar con la familia sí era lo más duro. La fábrica se hallaba a tres horas en coche y ya era de noche. Tenía que esperar al día siguiente para desplazarse hasta allí. Además el director de la fábrica había avisado de que nadie más que la familia podía ver al accidentado esa noche.

Aparte de eso, la cena con Kinzi había sido difícil. Él estaba preocupado por el accidente y ella había sonreído y alardeado demasiado de lo ilusionada que se sentía ante sus nuevas perspectivas. Al llevarla a casa ella no le había pedido que entrara y, al despedirse, había torcido la cara para que sólo la besara en la mejilla. Luego había entrado en su casa y había cerrado la puerta sin darse la vuelta.

Él sospechaba que en aquellos momentos ella estaría llorando desconsolada.

Se revolvió inquieto en la cama.

Mujeres.

Kinzi. ¿Se habría quedado con él si le hubiera propuesto continuar con la saga de los Donovan?

Su madre. No era ningún secreto que deseaba nietos y que la dinastía continuara el negocio familiar. Él todavía no le había anunciado que Kinzi ya no era una candidata.

Rachel. Bryn sonrió al recordarla exasperada cuando él la había comparado con un gatito maltratado. Tenía temperamento, pero sus prontos no duraban mucho. Terminados, ella era toda sonrisas, como si supiera que algo bueno la esperaba al girar la esquina. Ella se sumergía en la vida a fondo, con todo su corazón, una inocente apertura y confianza en aquellos a quienes les importaba. Y generosidad. Ella siempre había sido pronta en perdonar.

La gente no cambiaba su naturaleza esencial. Debajo de aquella apariencia de mujer madura se encontraba la Rachel que él siempre había conocido y, sin darse cuenta, amado en cierta forma.

Pensando en ella se durmió con una sonrisa en los labios.

Cuando Rachel bajó las escaleras a la mañana siguiente para su carrera matutina, el olor a café recién hecho la atrajo hasta la cocina. Bryn, vestido con camisa blanca y pantalón oscuro, bebía de una gran taza. Parecía relajado aunque listo para la acción.

–¿Has dormido bien? –saludó él, apartándose para dejarle acceso a la cafetera.

–Sí –dijo ella sirviéndose–. ¿Y tú?

Vio que él se encogía de hombros.

–¿Sigues preocupado por el trabajador accidentado?

–He hablado con el hospital. Anoche lo operaron y está estabilizado. Esperan pasarle de cuidados intensivos a planta a lo largo del día de hoy.

–Es una buena noticia.

Ella quería consolarle pero él había dejado muy

claro la noche anterior que no necesitaba compasión. Ni siquiera agradecía su optimismo a toda prueba.

—Dentro de un par de horas tomaré un avión para allá. A ver si puedo verle esta tarde. Y tengo que hablar con su familia —explicó él mientras fregaba su taza—. Ahora tengo que irme. Dile a mi madre que regresaré el fin de semana, por favor. Ya es hora de que tú y yo salgamos a montar de nuevo.

De camino a la salida, le sonrió algo avergonzado.

—Y perdona que anoche estuviera un poco amargado.

—No te preocupes —dijo ella, limpiando su taza y siguiéndole al pasillo.

Salieron al exterior juntos, se despidieron y Bryn se marchó en su coche mientras que ella echó a correr.

—Pearl se divirtió mucho —le contó Rachel a Bryn el fin de semana mientras paseaban a caballo tras un buen galope—. Fuimos a la tienda de jardinería, llenamos el coche de plantas y nos tomamos un té en la cafetería. Aunque ella me pidió que condujera yo.

—Le estás haciendo mucho bien. Gracias, Rachel —alabó él, pero sin dejar de fruncir el ceño—. Temo que ella no quiera conducir porque el médico le haya dicho que no debe, o porque le asuste que le ocurra algo mientras va al volante, un infarto o algo así.

—¿El médico te insinuó algo parecido?

—Lo único que dijo fue que debía estar pendiente de ella.

Y eso hacía, telefoneándola casi todos los días y visitándola en Rivermeadows con asiduidad.

Después de dejar los caballos y, cuando se dirigían al coche de Bryn, éste propuso:

–¿Qué tal si nos tomamos un café de camino a casa? Conozco una cafetería en el camino que está muy bien.

Dicho y hecho. Se sentaron a una mesa en el exterior con vistas a un amplio prado.

Rachel estaba quitando un poco de espuma de leche a su café cuando Bryn le preguntó qué tal iba el libro. Estaba sentado tranquilamente, con una leve sonrisa y los ojos brillantes bajo el sol. Rachel no le había visto tan relajado desde que ella había llegado a Rivermeadows.

–Temo aburrirte –dijo ella.

Bryn negó con la cabeza y apoyó los codos sobre la mesa.

–No recuerdo que tú me hayas aburrido nunca, Rachel –le dijo ladeando la cabeza–. No me he interesado por el pasado de la familia tanto como debería.

–Estabas demasiado ocupado procurando su futuro –afirmó ella–. Aunque ahora debéis de tener suficiente dinero como para que la dinastía siga funcionando al menos un par de generaciones más.

Se detuvo antes de añadir, «en caso de que las hubiera».

Él se quedó pensativo y luego se encogió de hombros.

–Eso depende de varios factores.

Por ejemplo, de si él tenía hijos alguna vez, pensó Rachel. Él era tan responsable, que añadir una familia a sus responsabilidades tal vez fuera demasiado. Rachel se preguntó si él habría deseado en algún momento romper con su familia y con el imperio Donovan como había hecho su hermana.

–¿En qué piensas? –preguntó él.

–¿Te gusta tu trabajo? –dijo ella–. Quiero decir, no tuviste mucha elección, ¿verdad?

Él reflexionó unos instantes.

–A los doce o trece años deseaba fervientemente ser astronauta, como muchos niños. Pero daba por hecho que un día tendría que hacerme cargo de la empresa familiar. Y sí, la mayor parte del tiempo me gusta mi trabajo.

Ella dio un sorbo a su café y, al dejar la taza en la mesa, Bryn acercó la mano a su boca y le quitó restos de espuma de leche con un dedo, encendiéndola por dentro. Ella se pasó la lengua para limpiarse lo que pudiera quedar y deseó no haberlo hecho cuando la diversión de los ojos de él se transformó en algo mucho más peligroso. Ella clavó la mirada en su taza.

–Rachel –dijo él.

Ella lo miró con prevención.

–¿Qué?

Él no dijo nada por unos instantes y luego soltó una breve carcajada.

–No importa –dijo pero había una nueva curiosidad en su mirada–. Unas veces eres la niña que yo conocía y otras... eres toda una mujer.

–Soy una mujer –le recordó ella.

Y esa mujer no iba a quedar deslumbrada por el hecho de que el aparentemente inalcanzable objeto de su deseo adolescente por fin hubiera descubierto que ella había madurado.

Aun así, a ella seguía persiguiéndole el recuerdo de una noche tiempo atrás, cuando durante unos minutos de éxtasis todos sus pueriles sueños románticos habían parecido convertirse en realidad.

Sacudiéndose ese recuerdo y la ruptura de su sueño, terminó su taza cuidando mucho de que no le quedaran restos en la cara.

–Tu madre nos estará esperando –dijo.

La medio sonrisa de Bryn y sus cejas enarcadas indicaron que reconocía su retirada, pero no dijo nada.

Victoria pírrica: por lo menos, ella logró ponerse en pie antes de que él acudiera a retirarle la silla.

Capítulo 5

AL regresar a casa, Bryn propuso que se bañaran en la piscina. Hacía calor a pesar de estar nublado.

Rachel había pensado darse una ducha, así que aceptó la piscina sin dudarlo y subió a su habitación a ponerse el bañador, que tenía un escote pronunciado y era de corte alto en las piernas, pero no tan atrevido como el biquini de Kinzi.

Cambiada y con una toalla en la mano, bajó las escaleras corriendo y se sorprendió al ver a Bryn esperándola a los pies de las mismas con una toalla sobre un hombro desnudo y un bañador de talle bajo que realzaba sus musculosas piernas.

Rachel casi se detuvo en seco y luego aminoró su descenso a un paso más decoroso. Advirtió el brillo en los ojos de Bryn conforme la estudiaba desde los pies hasta el desenfadado recogido que se había hecho en el cabello.

Ella contuvo el impulso de taparse con la toalla, intentando ignorar al tiempo la masculina apreciación de él y la respuesta inevitable de su propio cuerpo. Intentó racionalizar la situación diciéndose que eran reacciones de la especie humana, pero eso no le impidió arder de deseo y que se le encendieran las mejillas según se acercaba a él.

Caminaron en silencio hasta la piscina. Bryn se tiró primero y Rachel le siguió. El agua fría la hizo olvidarse de todo hasta que salió de nuevo a la superficie. Bryn había nadado hasta el otro extremo y estaba regresando. Ella le imitó y se cruzaron en mitad de la piscina. Tras unos cuantos largos, Rachel entró en calor. Terminaron en el mismo extremo.

–No se te ha olvidado nadar –comentó Bryn.

Él le había enseñado muchas cosas de natación cuando ella era pequeña.

–Eso no se olvida –dijo ella.

Igual que no había olvidado nada relacionado con él. Recuerdos que había intentado reprimir seguían saliendo a la superficie años después, atormentándola y forzando comparaciones con el presente. No había duda de que entre ambos saltaban chispas.

Terminado el baño y vestida con unos vaqueros y un suéter, Rachel se unió a Bryn y su madre en la terraza.

–¿Y por qué no llevas a Rachel? –estaba diciendo ella.

Bryn vio llegar a Rachel y la ayudó a sentarse antes de volver a su asiento.

–¿Llevarme adónde? –preguntó cautelosa.

–Al baile benéfico anual de los Donovan –respondió Pearl–. Sin Malcolm, yo estaría muy perdida. No quiero tener que seguir acudiendo a ese acto año tras año como un fantasma hasta que sea una torpe viejita. Éste es un buen momento para retirarme de todo eso.

–La gente te echará de menos –dijo Bryn con cabezonería–. Creí que te gustaban esos eventos.

—A mí me gustaba estar con tu padre —explicó ella—. Nada es igual sin él.

—Lo sé, pero...

—No me obligues, cariño —rogó ella dulcemente—. Por favor.

A Rachel le pareció que él se quedaba desconcertado unos instantes. Luego adoptó una mirada amable pero escéptica.

—¿Cuándo te he obligado a hacer nada, madre querida? Hace mucho que aprendí a ni siquiera intentarlo.

Ella rió y se ruborizó.

—De veras, ya he mostrado en suficientes ocasiones mi mejor comportamiento durante horas, intentando recordar nombres y rostros, comiendo demasiado y bailando con hombres avejentados que la pisan a una al bailar. El año pasado no asistí.

—Todo el mundo comprendió que era demasiado pronto después de la muerte de papá.

—Pues no quiero andar recibiendo condolencias de nuevo —dijo Pearl, crispada—. Y sabes que es lo que sucedería.

—De acuerdo, lo comprendo —aceptó Bryn, levantando la mano a modo de rendición.

Pearl se giró hacia Rachel.

—Ten compasión de él, Rachel. Ha perdido a Kinzi no sé de qué manera —dijo mirando con reprobación a Bryn—. El baile es dentro de dos semanas. Te divertirás.

Bryn soltó una carcajada.

—¿Después de lo que has dicho del baile?

Su madre frunció los labios y lo fulminó con la mirada.

—Ella es joven y no está casada con el presidente

de la empresa –señaló y de pronto tuvo una idea–. Podrías presentarle a algunos de los asistentes más antiguos que tal vez tengan recuerdos que podrían incluirse en el libro: el alcalde de Auckland, miembros del Parlamento, artistas...

Rachel había visto fotos de aquel evento de sociedad, uno de los más importantes del año.

–Me temo que es algo fuera de mi alcance –señaló.

–¿Qué dices? –replicó Pearl–. Eres tan buena como cualquiera de ellos y mucho más inteligente que la mayoría. Además, da gusto mirarte. Bryn estaría orgulloso de tenerte a su lado, ¿verdad que sí, Bryn?

–Desde luego –afirmó él sin dudarlo–. Pero estás agobiando a la chica. Soy capaz de extender mis propias invitaciones, ¿sabes?

Se giró hacia ella.

–¿Tendrías compasión de mí, Rachel?

El alegre desafío en los ojos de él indicaba que no necesitaba ninguna compasión.

–¡Claro que sí! –exclamó Pearl–. Te sentará bien salir una noche. Lo que sí te digo es que la música siempre es excelente.

–No tengo nada que ponerme para un acontecimiento así –protestó Rachel.

–Nos iremos de compras y te encontraremos algo –aseguró Pearl.

Bryn trató de ocultar su maravillado asombro ante aquella reacción tan activa de su madre y miró a Rachel.

–Elige algo bonito, yo lo pagaré.

–¡Nada de eso! –le espetó Rachel–. Yo pago mi propia ropa.

–Permíteselo, Rachel –intervino Pearl–. La familia Donovan puede permitírselo, es un gasto de negocios.

–Podemos discutirlo después –propuso Bryn y se dirigió a su madre–. Llévala de compras, a ver lo que puedes hacer.

–¿Para convertirme en un cisne? –preguntó Rachel secamente.

Él hizo una mueca de dolor.

–Sabes que no me refería a eso. Tú nunca has sido un patito feo. Pero, como tú misma has señalado un par de veces, ya no eres una niña alocada, sino una mujer, ¿verdad? –dijo él con los ojos brillantes–. Y no conozco a ninguna mujer a quien no le guste arreglarse de vez en cuando. Rachel no sabía qué le exasperaba más, los continuos recordatorios de Bryn de su atolondrada niñez o las dos veces que había mostrado inequívocamente que la veía como una mujer deseable, o al menos como una sustituta válida de la que él realmente deseaba.

Y la escena se repetía. Ella se veía de nuevo ocupando el lugar de otra mujer. Que en ese caso se tratara de la madre de él no contribuía a endulzar las cosas.

Por el bien de Pearl, ella no podía negarse, se dijo Rachel. El hecho de que la mujer se hubiera ofrecido a salir de compras con ella era un signo de que se sentía preparada para romper el cascarón en el que se había protegido tras la muerte de su esposo.

–¿Y bien? –inquirió Bryn con las cejas enarcadas.

–De acuerdo –respondió Rachel casi fulminándolo con la mirada.

Al fin y al cabo, todo había sido idea de Pearl y sería maleducado oponerse.

Si él también se sentía acorralado, no lo demostró.

–Gracias, Rachel –dijo, inclinando grácilmente la cabeza.

Sonó tan humilde, que Rachel le miró con suspicacia, pero él le devolvió la mirada con normalidad.

La expedición a comprar fue una revelación para Rachel. Allí donde iban, por muy exclusiva que fuera la boutique, Pearl era reconocida y gratamente recibida.

Después de probarse varios modelos muy por encima de sus posibilidades, Rachel estaba abrumada.

—Pearl, no puedo permitirme un vestido así que seguramente no volveré a ponerme en la vida.

Pearl la miró con desenfado.

—Vas a ser la pareja de Bryn esa noche y Bryn representa a la familia Donovan. No te preocupes por el precio ahora. Además, siempre puedes revender el traje después, hay un activo mercado de segunda mano —dijo y no admitió más protestas de ese tipo.

Además del vestido, compraron unas sandalias exquisitas de tacón y luego Pearl llevó a Rachel a su peluquero, que le hizo un tratamiento completo y convirtió su maraña de rizos en algo armonioso.

Pearl también decretó que Rachel debería vestirse para la ocasión en el apartamento de Bryn en Auckland y que ella misma iría también para ayudarla a arreglarse.

Llegado el día, en la habitación de invitados de Bryn, lady Donovan no sólo supervisó y retocó el maquillaje de Rachel, además le trenzó un cordel con pequeñas perlas al cabello y se lo recogió en un moño griego, dejándole sueltos algunos mechones para que le enmarcaran el rostro. En el último momento, después de que Bryn les avisara de que debían salir en cinco minutos, sacó un estuche de piel de su bolso y de él una gargantilla de perlas y diamantes y se la puso a Rachel.

—¡No puedo llevar esto, Pearl! —protestó ella, segura de que las piedras eran auténticas.

—Por supuesto que puedes. Te sienta muy bien y es justo lo que tu escote necesita.

Le habría sentado bien a cualquiera. Elegante pero no ostentosa, complementaba a la perfección el satén dorado del vestido con corpiño fruncido y la falda, aparentemente sencilla, que se ensanchaba hacia el bajo.

—Sólo es un préstamo —añadió Pearl—. Igual que esto.

Sacó un sedoso chal de encaje color crema que sí usaba de vez en cuando y se lo puso a Rachel por los hombros.

Llamaron a la puerta. Pearl empujó suavemente a Rachel.

—Ya puedes abrir —le dijo a Bryn.

Éste lo hizo y su figura bloqueó el quicio de la puerta. Con traje de etiqueta estaba más atractivo que nunca. Estudió a Rachel de arriba abajo sin decir nada. Rachel le vio apretar la mandíbula y por un instante temió que él no aprobara su atuendo.

—¿Y bien? ¿Qué te parece? —le preguntó su madre.

—Creo que está... impresionante —respondió él sin apartar la mirada de Rachel.

—Tu madre ha hecho un buen trabajo —apuntó ella.

—Sólo he ayudado a resaltar tu belleza. Y ahora marchaos y que os divirtáis.

Bryn había alquilado una limusina, a petición de su madre, para que el vestido llegara impecable. Por el camino aumentó el nerviosismo que Rachel llevaba sintiendo todo el día. Bryn, con los brazos cruzados y aparentemente sin hacerle caso, tampoco ayudaba.

Llegaron y, según Rachel estaba saliendo del coche, le sorprendió el flash de una cámara. Pestañeó aturdida y se obligó a adoptar una sonrisa serena al tiempo que Bryn la tomaba de la cintura y la conducía al interior.

Fueron los primeros en llegar y Bryn comprobó con el director del evento que todo marchaba según lo previsto. Pronto, el enorme salón se llenó de invitados que hablaban y reían con copas de vino en la mano y tomaban canapés de cuando en cuando.

Bryn presentó a Rachel a gente que ella reconocía por la televisión o fotografías de prensa y a otras personas no tan populares pero igualmente o más importantes. Gente con dinero, dedujo Rachel. También charló con algunos de los empleados más antiguos de la empresa Donovan y anotó mentalmente sus nombres como futura referencia.

Luego, Bryn le presentó a un grupo que parecían ser auténticos amigos de él. La acogieron cálidamente, pero con curiosidad en sus miradas. Ella supuso que se preguntaban qué habría sido de Kinzi, pero eran interesantes y vivarachos y ella pudo relajarse al fin, sonriendo de verdad.

Bryn se separó de ella unos instantes para pronunciar el discurso de bienvenida y recordó que iba a producirse una subasta en beneficio de la buena causa de aquel año, un hospital infantil.

—Deber cumplido, ahora podemos divertirnos —le dijo a Rachel al regresar junto a ella.

La llevó a la pista de baile, sujetándola firmemente

de la cintura y más suavemente de la mano al tiempo que ella le seguía sin esfuerzo. Unas cuantas parejas jóvenes más también bailaban, tras el furor renovado por los bailes de salón gracias a un programa de televisión.

–¿Te gusta bailar? –le preguntó él.

–Sí.

A ella siempre le había gustado, de pequeña había tomado clases de jazz y, antes del primer baile del instituto, había aprendido algunos bailes de salón.

–En Estados Unidos estuve aprendiendo swing durante una temporada.

–¿Con un novio? –inquirió Bryn guiándola para no chocarse con otra pareja.

–Con un amigo –respondió ella concisamente.

Transcurrieron unos minutos en silencio, ambos bailando al unísono. Él la atrajo más hacia sí por la cintura, ella se adaptó a los deseos de él y sus muslos se rozaron. A ella la invadió una euforia soñada.

La orquesta era buena, como Pearl había predicho, y Bryn un compañero fabuloso.

Cuando terminó la canción, Bryn le hizo girar sobre sí misma, la atrajo hacia sí y le sonrió antes de acompañarla fuera de la pista de baile.

Rachel tenía las mejillas encendidas por el baile y por el breve contacto con el cuerpo delgado y firme de él. Sintió alivio cuando él reparó en que ella tenía la copa vacía y se ofreció a llevarle una bebida.

–No más vino, por favor –pidió ella–. Mejor zumo.

Necesitaba mantener la cabeza despejada o, entre el alcohol y el hecho de pasar la noche rodeada por el brazo de él con sus cuerpos rozándose, perdería la cabeza. Y a saber qué consecuencias tendría eso.

Él tampoco estaba bebiendo mucho. Como promotor de todo aquello, debía mantener la compostura.

Durante la subasta, Bryn se sentó junto a Rachel y posó su brazo en el respaldo de ella. Antes de comenzar, habían inspeccionado brevemente los artículos que iban a subastarse y ella se había quedado prendada de un caja de papel maché tan pequeña que le cabía en una sola mano, decorada con madreperla y forrada por dentro de terciopelo rojo. Supuso que era victoriana y que costaría varios cientos de dólares lo menos.

No advirtió que Bryn estaba pujando por la cajita hasta que el maestro de ceremonias bajó el martillo y anunció:

—¡Vendida al señor Donovan! Gracias, caballero.

—¿La has comprado? —inquirió Rachel, girándose hacia él sorprendida.

—Te gusta, ¿verdad?

—Sí. ¿La has comprado para mí? —preguntó incrédula.

—¿Por qué no? —dijo él encogiéndose de hombros—. Todo por una buena causa. Y ninguno de los otros lotes me llama la atención.

—No puedes...

Él la hizo callar colocándole un dedo sobre la boca y le sonrió. Luego, volvió a prestar atención al escenario y al siguiente lote de la subasta.

De regreso a casa, apenas hablaron. Rachel estaba cansada y todavía entusiasmada. La velada parecía un cuento de hadas.

Bryn parecía preocupado hasta que tomó la mano de ella y la besó.

—Gracias, Rachel. Has sido una acompañante maravillosa. Espero que no te hayas aburrido mucho.

Por unos instantes, ella sólo pudo concentrarse en calmar su respiración y su corazón desbocado. Cuando por fin respondió, se esforzó por que su voz sonara muy educada.

—Por supuesto que no. Lo he pasado muy bien —aseguró.

Él la miró divertido y ella no supo qué decir. Él continuó sujetándole la mano hasta que llegaron al apartamento.

Una vez dentro, él encendió algo de luz ambiental y sacó la cajita de papel maché del bolsillo.

—Toma —dijo poniéndosela en la mano—. Un detalle para darte las gracias por haberme acompañado esta noche.

—No hay necesidad, Bryn...

—Y por lo que has hecho por mi madre.

Le hizo cerrar los dedos sobre la caja.

—Gano un buen sueldo —le recordó ella.

—Entonces considéralo un bonus, si lo prefieres.

Ella negó con la cabeza. Aquello había costado una fortuna.

—No puedo aceptarlo.

—Rachel —la interrumpió él tapándole la boca con un dedo de nuevo—. No sigas.

—Pero... —protestó ella cuando se vio libre.

Bryn gimió de exasperación, la sujetó por los hombros y le estampó un beso rápido y duro en la boca que consiguió dejarla sin habla.

—¿Te estarás callada ahora? —inquirió él con voz grave y su boca a sólo unos centímetros de la de ella.

Ella se obligó a separarse.

—Me voy a dormir —anunció dándose media vuelta.

Fue consciente de que él la siguió con la mirada

hasta que se metió en la habitación que compartía con la madre de él.

Pearl estaba completamente dormida.

Rachel se acercó al tocador y quiso soltarse la gargantilla, pero no lo conseguía. Durante cinco minutos lo intentó de todas las maneras que se le ocurrieron.

No podía despertar a Pearl. Y tampoco quería dormir con la joya puesta. A regañadientes, decidió aceptar la única opción posible.

Nada más llamar a su puerta, Bryn abrió. Llevaba la camisa desabrochada pero todavía estaba vestido. Ella advirtió un brillo de sorpresa en sus ojos y le vio sonreír.

–¡Rachel! –saludó él, haciéndose a un lado como invitándola a entrar.

–Siento molestarte –se apresuró a decir ella–. Pero no puedo quitarme el collar.

Algo cruzó el rostro de él y luego adoptó un aire impenetrable.

–De acuerdo. Gírate.

Ella sintió los dedos de él rozándole la piel mientras intentaba abrir el cierre de seguridad y al poco el pequeño peso desapareció de su cuello y ella sintió otra cosa, la calidez de los labios de él donde había estado el cierre. Contuvo un grito ahogado y se giró para que él le diera el collar. Al recibirlo, abrió la boca pero no tuvo oportunidad de decir nada, ya que él la sujetó por la cintura y la atrajo hacia sí al tiempo que la besaba.

El beso fue una combinación de maestría y persuasión tales, que cualquier idea de protesta se evaporó de la mente de Rachel. Estaba demasiado abstraída en la forma en que los labios de él se movían sobre los suyos, en el aroma de su piel. Él deslizó sus manos por sus hombros hasta su nuca y la sujetó al tiempo que la urgía a abrirse a él.

Como remate, posó el pulgar en la base de su cuello. Aquel suave toque fue tan increíblemente sexy, que Rachel se estremeció, dejó escapar un gemido y apoyó sus manos casi inconscientemente sobre el pecho semidesnudo de él.

–¿Qué ocurre? ¿Te he hecho daño? –preguntó él separando su boca de la de ella escasos centímetros.

–No –murmuró ella.

Alguna parte de su mente le decía que debía detener aquello, pero no conseguía pronunciar las palabras.

Él la besó de nuevo, casi con brusquedad, y continuó por el cuello, el hombro y el escote hasta llegar a la curva de sus senos. Ella suspiró de placer y él hizo que le mirara, excitado también.

–Ven a mi cama –le susurró con voz ronca–. Te quiero allí ahora.

Ella también lo deseaba, con una pasión feroz y casi abrumadora.

Casi.

La razón comenzó a recuperar terreno. Ella se revolvió en sus brazos hasta que él la soltó, aunque sin dejarla marcharse muy lejos.

–¿Rachel? –inquirió, mirándola con ojos entrecerrados.

Ella sacudió la cabeza.

–Lo siento. No debería haberte permitido... Debería haber detenido esto antes.

Él cerró los ojos, echó la cabeza hacia atrás e inspiró hondo con la mandíbula apretada. Luego retiró sus manos de ella y dio un paso atrás.

–Tú decides –concedió él con una inclinación de cabeza–. Buenas noches, Rachel.

Se dio media vuelta y cerró la puerta tras él.

Momentos después, ella dejó por fin de apretar el collar entre sus manos.

Por la mañana, cuando Rachel salió del baño que compartía con Pearl, la vio con la cajita de papel maché en las manos.

–Es muy bonita –comentó la mujer–. ¿La compraste en la subasta de anoche?

Rachel dudó unos momentos antes de responder.

–Bryn la compró.

–¿Para ti? Me congratula comprobar que mi hijo tiene muy buen gusto.

–No puedo aceptarla –dijo Rachel–. Si te gusta, sería mejor que te la quedaras tú.

Pearl le quitó importancia.

–Sólo es un detalle, Rachel.

Ella ahogó una risita.

–Pagó mucho dinero por ella.

–Estoy segura de que puede permitírselo. Incluso una mujer victoriana aceptaría un regalo así de un caballero amigo sin que eso comprometiera su reputación. No implica nada íntimo. Si Bryn quiso hacerte un regalo, no le hagas daño rechazándolo.

Rachel se quedó en silencio. Ella no había pretendido hacerle daño, pero ciertamente Bryn no era inmune a las emociones humanas, como el dolor... o la pasión.

¿Cuánto de la inesperada pasión de la noche anterior había sido por ella y cuánto por una reacción ante el dolor de haber perdido a Kinzi?

¿O sólo había sido una reacción masculina normal ante una mujer que se había esforzado al máximo por resultar tan atractiva como fuera posible, con quien él había bailado y reído durante horas y que probablemente no había logrado disimular su deseo por él? Alguien que no había tratado de evitar sus besos y caricias hasta que él había sugerido una progresión natural hacia su cama.

Se excitó al recordarlo. Observó a Pearl dejar la cajita sobre el tocador y mirarla a ella con una fugaz expresión de sorpresa, seguida de una sonrisa demasiado inocente, antes de meterse en el cuarto de baño.

Rachel gimió en su interior y sacó unos pantalones vaqueros de su maleta.

Durante el desayuno, Pearl proporcionó casi toda la conversación. Rachel no quería mirar a Bryn, quien mostraba un rostro impenetrable. Pero ambos se esforzaron por responder las preguntas de la mujer acerca del baile y sus asistentes, asegurándole que habían disfrutado de la velada.

Decidieron pasar el resto de la mañana leyendo el periódico dominical, luego comer y que Rachel y Pearl regresaran a Rivermeadows.

Debería haber sido una actividad relajante pero, conforme transcurría la mañana, el nerviosismo de Rachel aumentaba más y más. No comprendía nada de lo que leía y cada vez que Bryn se movía o pasaba página, ella lo sentía como si la hubiera acariciado. Y se reprendía por ello.

Él estaba haciendo un crucigrama. En un punto, se detuvo, frunció el ceño y leyó la definición en alto.

–¿Alguna idea? –preguntó.

Pearl rió y dijo que nunca se le habían dado bien

los crucigramas. Pero Rachel sí le proporcionó la respuesta correcta. Él la miró con respeto renovado y leyó otra definición. Terminaron el crucigrama entre los dos y ella sintió que su tensión se iba relajando. Aunque en el fondo la consumía un irracional resentimiento tras el tórrido episodio de la noche anterior. Él era capaz de comportarse como si nada hubiera sucedido. No así ella, por más que lo intentara.

Comieron en un elegante café del puerto. Luego, regresaron al apartamento y Bryn bajó las maletas al coche, besó a su madre y pidió a Rachel que condujera con cuidado.

–Lo cierto es que todavía no me he recuperado de la velada de ayer –comentó ella en un impulso–. ¿Te gustaría conducir a ti, Pearl?

Bryn la miró sin dar crédito.

–Hace siglos que no conduzco. No creo que pueda... –se excusó Pearl.

–Es domingo –intervino Bryn–. No habrá mucho tráfico. Es una buena ocasión para retomarlo. ¿Llevas el carnet encima?

–Sí, en el bolso, pero... ¡he bebido vino en la comida!

Bryn la miró con diversión.

–Rachel también. Una copa, igual que tú. No es suficiente para imposibilitaros la conducción a ninguna de las dos. ¿Hay alguna razón por la cual no deberías conducir? ¿Algo que no me hayas contado?

–No –contestó ella con cierta renuencia–. Ya no.

Bryn no podía dejar pasar esa oportunidad.

–¿Qué significa eso? Si estabas enferma, ¿por qué no me lo dijiste?

La sorpresa de Pearl fue genuina.

–¡Yo nunca he estado enferma! El médico dijo que me encontraba muy bien para mi edad.

–¿Entonces, por qué me dijo a mí...? –inquirió él y enmudeció de pronto.

–¿Qué fue lo que te dijo? –exigió Pearl entrecerrando los ojos–. ¡Él no tenía derecho!

–No me dijo nada –le aseguró Bryn–. Parecía preocupado.

–Yo tan sólo me sentía triste después de la muerte de tu padre, ¡como le sucedería a cualquiera! Y muy cansada e incapaz de motivarme.

Bryn asintió, como recordando esos momentos.

–Después de seis meses me hice una revisión y mi cuerpo funcionaba perfectamente. El médico me sugirió tomar antidepresivos pero yo me negué. ¡Estoy perfectamente bien!

Rachel suspiró aliviada, igual que Bryn. Pero él frunció el ceño.

–Entonces, ¿por qué no quieres conducir?

Capítulo 6

BUENA pregunta», pensó Rachel, aunque no muy segura de si era buena idea que él presionara a su madre. Tal vez ella no debería haber sacado el asunto.

Pearl la miró como buscando una excusa y por fin habló:

—No me gusta ese coche —afirmó.

No convenció ni a Rachel ni a Bryn.

—¡Pero si no conduces ningún coche! —replicó su hijo—. Incluso yendo con Rachel, siempre insistes en que conduzca ella.

Pearl elevó las manos dándose por vencida.

—De acuerdo —dijo ruborizándose—. Me multaron por conducir demasiado rápido poco antes de que Malcolm... muriera. Me retiraron el carné durante seis meses. Y después de eso... no sé, ya no quería conducir. Había transcurrido demasiado tiempo y supongo que perdí la confianza.

Bryn la miró anonadado.

—¿Lo sabía papá? ¿Lo de que te retiraron el carné?

Su madre suspiró.

—Al final tuve que decírselo. Justo antes de que sufriera el infarto —respondió con voz temblorosa y los ojos llenos de lágrimas—. Fue una gran decepción para él.

–Se enfadó mucho –tradujo Bryn a Rachel.

Rachel se acercó a Pearl y le pasó el brazo por los hombros al tiempo que le dirigía una mirada de advertencia a Bryn.

–¿A qué te refieres con «justo antes»? ¿Días, minutos? –inquirió él–. No estarás culpándote por su muerte, ¿verdad? Podría haber sucedido en cualquier momento, dado el mal estado de su corazón. Menos mal que él no iba conduciendo cuando le sucedió.

–Sé que él nos insistió en eso –dijo Pearl enjugándose las lágrimas con las manos–. Pero no puedo evitarlo... Si no hubiéramos discutido el día anterior, tal vez habríamos tenido más tiempo juntos.

Bryn se acercó a ella y le tomó la mano.

–Escúchame. Si él se enfadó fue porque se preocupaba por ti. Sabes que te amaba más que a nada en este mundo.

–¡Bryn! –exclamó ella–. Tú y tu hermana...

–Él también nos quería a nosotros, pero besaba el suelo por donde su pasabas –afirmó él y la vio sonreír levemente–. Él no podía soportar la idea de que te sucediera nada malo. Y después de que tuvieras el accidente...

–¡No fue nada!

–Él se asustó. Pero no te impidió conducir. Quería que fueras feliz pero también protegerte. Si le hubieras dicho que no te gustaba ese coche, te habría comprado otro. Así que, ¿por qué no buscas uno que te guste? Y como sugerencia, que tenga limitador de velocidad.

–Me parece una buena idea.

Bryn intercambió una mirada esperanzada con Rachel. Tal vez Pearl no sonara muy entusiasmada, pero tampoco se había opuesto a la idea.

–Ahora es el mejor momento para volver a conducir –añadió él.

Rachel le entregó la llave y él se la puso a su madre en las manos.

–Rachel irá contigo. Confías en ella, ¿verdad?

–Por supuesto –respondió la mujer con un rastro de su antigua sonrisa coqueta, aunque la voz le temblaba un poco–. La pregunta es, ¿confía ella en mí?

–Totalmente –le aseguró Rachel.

Bryn parecía estar manejando el asunto con comprensión, sensibilidad y la cantidad justa de lógica aplastante.

Pearl contempló la llave en su mano e inspiró hondo.

–Muy bien, lo haré.

Bryn la besó en la mejilla.

–A por todas –la animó empujándola suavemente hacia el asiento del conductor–. Pero conduce con cuidado, ¿de acuerdo?

Una vez dentro, con Rachel a su lado como copiloto, Pearl metió la llave en el contacto, inspiró hondo y encendió el motor. Cuando se unieron al flujo de tráfico, conducía con exagerada cautela. Pero después de unos minutos, Rachel advirtió que ella ya no tenía los nudillos blancos de agarrarse con fuerza al volante, ni la mandíbula apretada.

–Todo ha ido bien –le aseguró Rachel a Bryn cuando él telefoneó por la noche–. Se puso un poco nerviosa al principio, pero sin problemas.

–Fabuloso –dijo él aliviado–. Estás haciéndole mucho bien, Rachel, ayudándola a que rompa sus barreras.

–Tu madre me cae bien. Y en realidad no he hecho más que estar por aquí.

–Sí, y te lo agradezco. Permíteme que te invite a cenar un día para demostrártelo.

–Ya me llevaste a una glamurosa velada –rehusó ella tras dudar unos momentos–. Y me hiciste un regalo muy caro. No hay necesidad de que...

–Eso eran negocios –la interrumpió él–. Y el regalo fue por evitarme una comprometida situación social y preguntas que no quería responder.

Acerca de Kinzi, se dijo Rachel. Ella estaba segura de que otras mujeres habrían dado lo que fuera por esa oportunidad. Otras mujeres a las que no les importara ser un reemplazo de última hora.

–Tu madre me compró un vestido precioso –le recordó ella–. Y ninguno de los dos me dejasteis pagarlo.

–Era para un acto social de los Donovan. ¿Tú te lo habrías comprado por ti misma?

–¡No!

–Pues entonces. Así que, ¿qué noche de esta semana te viene bien? O di tú cuándo.

Ni que tuviera la agenda muy ocupada, pensó Rachel.

–¿Y tu madre? ¿No querías que empezara a salir? –desvió el tema.

–No la presionemos demasiado. Lleva casi dos años sin ir a ningún acto –dijo él–. Te prometo que te llevaré de regreso a casa antes de las doce, Cenicienta. ¿Qué tal el jueves?

Ella sabía que él no iba a darse por vencido. Y, siendo sincera, la idea de salir a cenar a solas con él era muy atractiva, incluso aunque implicara muchos riesgos.

–De acuerdo –accedió–. ¿Quieres hablar con tu madre?

–No hace falta. Te recogeré a las siete el jueves. Hay un restaurante no lejos de Rivermeadows que creo que te gustará.

Pearl pareció contenta cuando Rachel le informó de que Bryn había insistido en sacarla a cenar.

–Como recompensa por haberle acompañado al baile –aclaró para que la mujer no pensara que significaba nada más.

Para la cena del jueves, Rachel se puso un vestido verde oscuro, uno de sus favoritos y se ató a la cadera un chal dorado de malla, dudando de si no sería demasiado. Pero cuando bajó las escaleras vio a Bryn vestido elegantemente, con pantalones oscuros y una camisa de seda marrón.

Él la miró con aprobación y Pearl le aseguró que estaba muy guapa y les deseó que se divirtieran.

El restaurante se hallaba a casi una hora en coche, sobre una colina con espectaculares vistas de la naturaleza autóctona y las luces de la ciudad en la distancia. Todo en aquel lugar indicaba un discreto lujo. Había pocas mesas repartidas con acierto para proporcionar cierta intimidad y música clásica animaba el ambiente.

El maître saludó a Bryn como cliente habitual y les condujo a una mesa con vistas a todo el valle. Un camarero apareció casi al instante con la carta de platos y de vinos.

Rachel no le preguntó a Bryn si había llevado allí a Kinzi alguna vez, segura de que sí. Molesta consigo misma por estar celosa, estudió la carta.

–¿Qué recomiendas? –preguntó fríamente.

–Cambian la carta a menudo –dijo Bryn–. El chef es un artista, nunca me decepciona.

Pidieron la comida y sólo un par de copas de vino, dado que Bryn tenía que conducir y Rachel no bebía mucho.

Durante la cena hablaron de Pearl, de la investigación de Rachel y de un empresa de tratamiento de maderas en Estados Unidos que él había comprado hacía poco, que había sido un negocio familiar como el de los Donovan y, al cambiar de manos, se había ido a pique.

–Y todo por una mala gestión –concluyó él–. Con una persona adecuada al cargo, volveremos a hacerlo rentable.

–¿Cómo sabes cuándo has encontrado a la persona indicada?

–Al final se reduce al instinto y la experiencia. No suelo equivocarme fácilmente, pero si el trabajador no cumple con las expectativas, se le invita a marcharse con una atractiva compensación antes de que pueda causar más daño.

–¿Y puedes desembarazarte de la gente así, sin más?

–A veces la ley hace muy difícil despedir a un mal trabajador. Pero nuestros contratos son justos y yo intento evitar entrar en juicio.

–¿Dándoles más dinero?

Bryn se encogió de hombros.

–Es el precio de mi error, o el de mi gerente, por equivocarnos en la elección del trabajador. Todos pagamos de alguna manera por nuestros errores. El dinero es la más fácil.

–El dinero no lo arregla todo –señaló ella.

–La mayoría de las cosas, sí –replicó él con desenfado–. Te sorprendería lo fácil que es convencer a la gente si estás dispuesto a ofrecerles suficiente dinero.

La canción de los Beatles *Can't Buy Me Love* acudió a la mente de Rachel y la acompañó el resto de la cena.

De regreso a Rivermeadows, Bryn propuso tomar una última copa. Ella declinó la invitación. No sabía si él tenía previsto pasar la noche allí, aunque era bastante probable que no quisiera conducir de regreso a Auckland a esas horas.

–Gracias, la velada ha resultado tan buena como habías prometido –dijo ella, girándose hacia las escaleras.

–Ha sido un placer –dijo él subiendo tras ella–. Deberíamos repetirlo otro día.

Cuando llegaron delante de la habitación de Rachel, él la tomó de la mano y la hizo girarse hacia él.

–¿Rachel? –preguntó expectante.

Algo en ella quiso darle la respuesta que él deseaba. Pero se obligó a dar un paso atrás.

–Gracias, Bryn –dijo con la boca seca–. Ha sido agradable. Aunque no me debías nada.

Él sonrió reconociendo la negativa.

–Cuando quieras –dijo sin soltarle la mano–. Buenas noches, Rachel.

Se inclinó hacia delante y le rozó suavemente la comisura de la boca con la suya, deteniéndose lo justo para que ella cambiara de idea y le devolviera el beso.

Ella no lo hizo aunque se moría de ganas.

Entonces él se separó y le soltó la mano, y ella entró en su habitación sintiendo una mezcla de arrepentimiento y alivio.

En las siguientes semanas Bryn visitó la casa más a menudo. Rachel supuso que tal vez no sabía qué hacer sin Kinzi ni una sustituta. O tal vez todavía no estaba preparado para involucrarse en una nueva relación. De cualquier manera, había desarrollado el hábito de besar a Rachel, al igual que a su madre, en la mejilla al llegar y al marcharse.

En ese tiempo, Bryn y Rachel salieron a montar a caballo varias veces y, cuando ella se marchaba algún fin de semana a ver a su familia o sus amigos, él comentaba que la había echado de menos.

El día que Pearl le anunció a Bryn que iba a seguir su consejo y a comprarse un coche nuevo, Rachel casi le vio dar saltos de alegría.

—Buena idea. Te ayudaré a elegirlo si me das un par de días para que reorganice mi agenda.

—Cuando haya encontrado lo que deseo, te avisaré para que lo veas —reivindicó su madre con firmeza.

Rachel supo que él quería oponerse, pero en lugar de eso asintió.

—De acuerdo.

Una vez que él se hubo marchado, Pearl preguntó tímidamente a Rachel si la acompañaría a Auckland a buscar un coche nuevo. Ella accedió al momento.

Pearl se prendó de un Peugeot plateado y, tras un paseo para probarlo, le pidió al vendedor que se lo reservara hasta que Bryn confirmara su elección. Él le ofreció que se llevara el coche a donde se encontraba Bryn. Sin dudarlo, con Rachel de copiloto, Pearl condujo hasta el edificio Donovan.

La secretaria de Bryn les avisó de que él tenía una visita y ellas se sentaron a esperar. Pearl estaba muy impaciente.

Cuando por fin se abrió la puerta del despacho, Bryn salió acompañando a una mujer alta, delgada, de unos treinta años, cuyo inmaculado corte de pelo enmarcaba un rostro ovalado discretamente maquillado y cuya falda ajustada y chaqueta de manga corta dejaban ver unas extremidades suaves con un bronceado de rayos UVA.

La mujer no llevaba anillo de casada. Extendió su mano para despedirse y esbozó una sonrisa radiante.

–Estaré esperándolo –dijo, estrechando la mano de Bryn.

Ella, o tal vez fuera él, pareció reticente a soltarse. Cuando lo hizo, ella le tocó la manga con uno de sus dedos y le dio un breve beso en la mejilla antes de marcharse.

Reprochándose la envidia que le revolvió el estómago, Rachel desvió la mirada. Vio pasar ante ella las largas piernas bronceadas de la mujer con unos fabulosos zapatos de tacón y oyó la voz de Bryn.

–Hola, madre, Rachel. Entrad.

–¿Quién era? –preguntó Pearl tan pronto como estuvo sentada en el despacho, con Rachel a su lado y Bryn delante apoyado en su escritorio y con los brazos cruzados.

–Una clienta –respondió él–. ¿Qué habéis estado haciendo vosotras dos?

–Hemos comprado un coche –le anunció su madre–. Bueno, casi. Un Peugeot. Está en el aparcamiento para que puedas echarle un vistazo cuando tengas unos minutos. Es muy bonito.

–Y supongo que es importante que sea bonito –dijo él medio en broma.

–También ha ganado premios por sacarle mucho rendimiento al carburante y por su seguridad.

–¿Tú también te has enamorado de él? –le preguntó Bryn a Rachel con sorna.

«¡No, yo de quien estoy enamorada es de ti!», pensó Rachel mortificada.

–Es un buen coche y a Pearl le gusta conducirlo –afirmó.

Él inspeccionó la adquisición de su madre sin decir mucho, pero sonriendo ante su entusiasmo y telefoneó al vendedor con la tarjeta que le entregó ella. Después de hacer unas cuantas preguntas, colgó.

–De acuerdo. Si es el que te gusta... –dijo y miró su reloj–. Y ahora, os invito a comer para celebrarlo.

Con unas ensaladas y marisco delante, él le preguntó a su madre:

–¿Qué vas a hacer con el otro coche? No te darán mucho por él, podrías dejárselo a Rachel.

–Puedo conducir la ranchera –dijo Rachel.

–Es más difícil de manejar y consume mucho –apuntó él–. Ahora podéis volver las dos juntas a Rivermeadows en la nueva bestia y yo recogeré el coche antiguo del concesionario y os lo llevaré en algún momento.

Aparentemente eso puso fin al asunto. Pearl simplemente asintió.

–¿Quién era tu clienta de esta mañana? Llama la atención –inquirió curiosa.

–Es muy guapa. Y lista –dijo Bryn, provocándole otra ola de envidia a Rachel.

Ella nunca sería capaz de competir con ese tipo de seguridad en sí misma acompañada de tanta perfección física.

–Se llama Samantha y es hija de Colin Magnussen –explicó él–. Tenía su propio negocio en Australia y regresó a casa para ocuparse del negocio familiar hace un par de años cuando él falleció.

–¿Magnussen, la empresa de construcción? –inquirió Pearl.

–Exacto.

Incluso Rachel conocía ese apellido, emblema de edificios públicos de calidad y casas carísimas. Y sinónimo también de una fortuna familiar. Samantha pertenecía al entorno de los ricos. Eso explicaba su crianza entre lo mejor de lo mejor y su aire de privilegiada, imposible de fingir, pensó Rachel. Bryn y ella tenían mucho en común: ambos habían perdido a sus padres siendo jóvenes y se habían hecho cargo del negocio familiar.

–Hablé con el señor Magnussen un par de veces en alguna cena de negocios de tu padre –comentó Pearl–. Era un hombre muy aferrado a sus ideas.

Bryn rió.

–Sam se marchó del país y se puso por su cuenta porque no podía trabajar con él, aunque se apreciaban mucho. Pero cada uno tenía sus ideas acerca de cómo gestionar el negocio. Ella también está haciendo un buen trabajo.

Era obvio que él admiraba a Samantha Magnussen. Rachel quiso creer que se debía a su inteligencia... pero era evidente que esa mujer le aceleraba el pulso a cualquier hombre.

Al final de la comida, Pearl se marchó un momento a los aseos, dejando a Rachel y Bryn a solas.

−¿Estás pudiendo hacer tu trabajo? No fuiste contratada para hacer de chófer ni de acompañante −le dijo Bryn−. ¿Mi madre exige demasiado? Tal vez deberíamos pagarte más.

−El libro sigue su curso. Y Pearl no exige, pide y yo estoy contenta de ayudarla. No quiero más dinero.

Él soltó una risita.

−Entonces eres una persona atípica. La mayoría de la gente quiere cuanto más dinero, mejor.

Ella lo miró con curiosidad. ¿Acaso su familia tenía más dinero del que podrían necesitar en toda su vida? Debía de ser así, si no, ¿cómo podían permitirse apoyar tan generosamente numerosas obras de caridad y proyectos cívicos? Los Donovan no alardeaban de sus donaciones pero, por los documentos que ella estaba revisando, había comprobado que esa generosidad hacia la comunidad era una tradición familiar.

−¿Eso es lo que te motiva? ¿Hacer dinero? −inquirió ella.

Él pareció reflexionar al respecto.

−No directamente −respondió al fin−. Lo que me motiva es la satisfacción de continuar con lo que mis antepasados empezaron y afrontar el desafío de ver lo lejos que podemos llegar. Y más en el presente, el continuar con nuestra industria de una forma que ayude a mantener y cuidar el planeta: reforestando; trabajando con entidades internacionales para proteger la selva tropical, que el planeta no puede permitirse perder; investigando para hallar mejores barnices y pinturas para madera...

Ella no había reparado en que a él preocupaba eso.

–Entonces, ¿el dinero es un efecto colateral? –preguntó con picardía.

Él soltó una carcajada.

–Me gusta la competitividad del mercado, ser el mejor, producir lo mejor –reconoció–. Y eso se expresa en términos de grandes sumas de dinero que miden la calidad, el trabajo duro y honesto y el buen criterio.

Bryn tal vez nunca había trabajado la madera directamente con sus manos, pero a su manera trabajaba igual de duro que sus antepasados, más con el cerebro que con los músculos. Aunque eso no significaba que no tuviera un físico imponente. Sólo con mirarlo, Rachel se deleitaba.

Últimamente, él la trataba de forma muy parecida a como lo hacía cuando ella era la hija del cuidador de la finca, reflexionó Rachel. Aparte del beso en la mejilla al llegar y al marcharse, apenas la tocaba. Hablaban, escuchaban música o jugaban a las cartas con Pearl, comentaban las noticias o jugaban al Scrabble o al ajedrez, juegos que él siempre disfrutaba a fondo, ganara o perdiera.

Ella debería estar contenta de que él respetara su decisión de no acostarse juntos. Debería alegrarle que él no hubiera vuelto a besarla de aquella forma tan apasionada, o que aparentemente hubiera olvidado esos minutos en los que ella había estado a punto de verse barrida por la poderosa sexualidad de él.

Muchas mujeres aceptarían encantadas un romance con un hombre como él, incluso una sola noche a su lado. Algunas lo vivirían como un gesto reconfortante hacia un amigo, como un bombón o una copa de vino.

Pero Rachel sabía que para ella el sexo con Bryn no sería algo tan superficial. A ella le cambiaría la vida para siempre.

Capítulo 7

DÍAS más tarde, Bryn y Rachel observaron al Peugeot salir marcha atrás del garaje, girar graciosamente y alejarse por la carretera.

–¿Cómo se me había olvidado lo que a mi padre le generó tantas canas? –se lamentó Bryn.

–¡No seas exagerado! –le reprendió Rachel con el ceño fruncido–. Tu madre ha conducido durante más años que tú y su problema con el exceso de velocidad ya quedó resuelto. Deberías estar agradecido de que vaya animándose a salir de nuevo.

–¿Os habéis confabulado contra mí? Mi problema es que hay demasiadas mujeres en mi vida –se quejó él–. Incluso mi secretaria me aconseja sobre mi... vida privada. Sospecho que trama algo con mi madre respecto a mí.

Eso sólo significaba una cosa, pensó Rachel. Intentó reír, pero sonó muy forzada. Temía el día en que Bryn aparecería con otra mujer en casa. Alguien como Kinzi o Samantha Magnussen.

«Eres como el perro del hortelano», se reprendió a sí misma. Ese día llegaría. Ella se había negado a acostarse con él y, una vez que él se repusiera tras su relación con Kinzi, encontraría a otra mujer. Y no como un bálsamo temporal para su corazón herido, sino alguien a quien amar y que le correspondería con todo su corazón.

«Como haría yo. Ojalá me amara a mí de esa manera», se dijo.

Montaron a caballo y en el camino de regreso tomaron un café y charlaron amigablemente, pero de nada personal.

La semana siguiente, Bryn invitó a Pearl y a Rachel a un concierto benéfico. Pearl insistió en volver a prestarle a Rachel la gargantilla de perlas y diamantes para añadir glamour al nuevo vestido que se había comprado, rojo oscuro y con motas doradas, de estilo sobrio y que le valdría para casi todas las ocasiones.

Cuando Rachel bajó la escalera, Bryn la miró unos instantes con rostro impenetrable. ¿Se imaginó ella el destello que cruzó su mirada?

–Estás muy guapa, Rachel. ¿Nos vamos? –dijo él.

Tras el fabuloso concierto cenaron en un exclusivo restaurante junto a varias personalidades públicas de Auckland. Bryn no hizo nada por satisfacer la velada curiosidad de los presentes, que no le quitaban el ojo de encima a Rachel.

–Trabajo para Pearl –explicaba ella y describía su profesión y su encargo del momento–. Y Bryn me ha invitado amablemente junto con su madre.

Rachel estaba orgullosa de su familia y de sus propios logros. Pero era consciente de que aquellas personas, criadas en la abundancia, habitaban un mundo sutilmente diferente del que ella había conocido siempre.

Rachel y Pearl durmieron en la habitación de invitados de Bryn nuevamente. A la mañana siguiente, él se marchó a la oficina y ellas dos salieron de compras, comieron en un café y visitaron una galería de arte antes de regresar al apartamento. Una vez allí, Pearl sacó un vino tinto de la bodega de Bryn y lo degustaron con unos quesos que Pearl había comprado en una tienda gourmet y algunas aceitunas.

Por las tarde, Pearl anunció que iba a echarse una siesta.

–Siento ser tan aburrida, Rachel –se disculpó–. He perdido la costumbre de salir por la noche y acostarme tarde.

Ella dormía cuando Bryn llegó a casa y se quitó la chaqueta y la corbata nada más entrar.

Rachel había tomado prestado un libro de una de las estanterías y se había acurrucado en el sofá con las piernas bajo una manta. Sin darse mucha cuenta, se había ido bebiendo otra copa de vino. Bryn iba a llevarlas a Rivermeadows esa noche y a quedarse allí el fin de semana.

–Hola –saludó él.

Vio que ella cerraba el libro y hacía ademán de levantarse.

–No te muevas, pareces estar muy cómoda.

Se acercó a ella y dejó la chaqueta y la corbata sobre una silla.

–Veo que te gusta my Ata Rangi Célèbre –señaló ufano refiriéndose al vino.

Rachel se ruborizó, tensa.

–Ha sido idea de tu madre. Ahora está echada.

–No te preocupes, puedes disponer como quieras del vino y de lo que te apetezca –dijo él con seriedad tomándola de la barbilla–. Seguro que ya lo sabes.

–Gracias –dijo ella intentando sonreír–. También estoy leyendo uno de tus libros.

–¿Y te gusta? –preguntó él, sentándose a su lado, apoyando el brazo tras ella y mirándola intensamente.

Rachel clavó la mirada en su libro, una novela histórica, pero no conseguía entender nada.

–¿Quieres terminar el vino? –ofreció él con la botella en la mano.

–No, gracias. Ya he bebido suficiente.

Él se llevó la botella a la cocina y regresó con una copa medio llena, sentándose de nuevo junto a Rachel.

–¿Qué tal te ha ido el día? –preguntó ella cerrando el libro.

–Bien –respondió él y bebió un sorbo de su copa–. ¿Qué habéis hecho vosotras?

Ella se lo contó y le aseguró que Pearl estaba bien aunque un poco cansada.

–Me alegro de que os hayáis divertido –dijo él y comenzó a jugar distraídamente con el cabello de ella, haciéndola estremecerse.

–¿Tu cumpleaños no es dentro de poco? –inquirió él.

–El día quince –confirmó ella sin atreverse a moverse, aunque sabía que debería hacerlo–. ¿Por qué?

–Deberíamos hacer algo especial. ¿O tienes planeado ir a casa?

–La semana posterior. Mi madre ha planeado una fiesta familiar –le informó ella.

Él asintió. Con uno de sus dedos estaba acariciándole arriba y abajo en el cuello.

Rachel intentó respirar con normalidad. Debería detenerle, pero el placer estaba apoderándose de ella y encendiéndola, por más que quisiera ignorarlo.

–Bryn... –susurró con voz ronca.

Él tenía los ojos entrecerrados.

–Rachel... –contestó él en tono burlón.

Entonces la sujetó por la nuca, la acercó hacia sí y la besó en la boca. Fue un beso cálido y tierno y, tras unos segundos, él se retiró dejándola temblando, a la vez sorprendida y frustrada: había sido un beso casto, pero la cabeza le daba vueltas y se sentía flotando. Tal vez se debiera al vino.

–¿Y eso a qué ha venido? –inquirió sin rodeos.

Él soltó una risita y bebió otro sorbo de vino.

–A un impulso –respondió–. Eres adorable, dan ganas de besarte.

«A ti también», pensó ella, pero relegó esa idea al fondo de su cerebro.

–¿Te importa? –inquirió él con cierta picardía.

Rachel negó con la cabeza sin decir nada. ¿Cómo iba a decir que le importaba cuando había sido tan agradable? Y él además la había llamado adorable.

–No puedes ir por ahí besando a las chicas cuando te place.

Bryn rió.

–No suelo hacerlo. Sólo contigo –dijo y una extraña expresión cruzó su rostro, como si acabara de decir, o pensar, algo inesperado–. De hecho, parece que lo he convertido en un hábito.

–Pues será mejor que rompas ese hábito –le aconsejó ella sin mucha convicción.

–¿Lo querrías realmente?

Rachel lo fulminó con la mirada.

–Yo no soy una muñeca hinchable –le espetó, dejándole estupefacto–. Algo que puedes tomar y dejar cuando te place, una sustituta de la auténtica mujer.

Se puso en pie.

Antes de que pudiera dar dos pasos, él también se puso en pie y la sujetó del brazo.

–¿A qué se debe todo esto? –inquirió él–. ¿Crees que estaba usándote? ¡En absoluto! No he podido resistirme al verte ahí sentada como cuando eras una niña, sólo que ya no lo eres, eres la mujer más auténtica que conozco.

Sonrió levemente.

–En ese momento me ha parecido una buena idea –añadió–. Y te ha gustado, ¿verdad?

–No me ha disgustado –concedió ella.

Extrañamente, estaba segura de que esa vez él la había besado porque realmente le apetecía, no porque echara de menos a Kinzi.

Él la soltó.

–No sé cómo pedirte perdón por aquella primera vez cuando tú tan sólo eras una adolescente...

–Ya me pediste disculpas y yo te las acepté. Olvida lo que he dicho, ha sido una estupidez.

–Siempre has sido muy impulsiva –comentó él con una leve sonrisa–. Pero no comprendo...

La voz de Pearl les interrumpió a sus espaldas.

–Me pareció oírte llegar –le dijo a Bryn acercándose y besándole en la mejilla–. No estabais discutiendo, ¿verdad?

Miró a Rachel preocupada.

–No –le aseguró Bryn.

–Por supuesto que no –ratificó Rachel.

Ambos intercambiaron una mirada, acordando que no preocuparían a Pearl con sus desavenencias.

De regreso en Rivermeadows, Bryn habría querido continuar con la discusión, pero Rachel se encerró en su cuarto y sólo bajó para ayudar a preparar la cena. Él sugirió entonces que dieran un paseo y se bañaran en la piscina después de cenar, pero ella declinó la oferta diciendo que estaba cansada.

Cuando él volvió de su paseo solitario, Pearl le informó de que Rachel se hallaba en su habitación.

–¿Está bien? –preguntó él, sentándose junto a la chimenea.

Su madre lo miró alerta.

–Ella te ha dicho que estaba cansada. ¿Ocurre algo entre vosotros dos?

–No –respondió él abruptamente–. ¿Y qué si ocurriera?

–¿Por qué me lo preguntas? –inquirió ella, sorprendida–. ¿Qué ha ocurrido esta tarde antes de que yo os interrumpiera?

Bryn se encogió de hombros.

–Le he dicho que estaba adorable. Y la he besado, un beso de amigo. Apenas ha durado dos segundos.

–¿Y?

–Ella no ha protestado pero después me ha acusado de utilizarla.

Pearl enarcó las cejas y su mirada se volvió más penetrante.

–¿Y tiene razones para pensarlo?

–¡No! A menos que...

Se puso en pie, metió las manos en los bolsillos y dio unos cuantos pasos en círculo.

–Es complicado –añadió.

–Rachel es una joven muy agradable, todo lo que un hombre podría desear –afirmó Pearl–. Ni a ti ni a mí nos gustaría verla dolida. Así que si planeas besarla de nuevo, o lo que sea, será mejor que vayas en serio con ella. Porque si no, tú mismo te contestarás a mi pregunta.

Bryn frunció el ceño y le sostuvo la mirada sin verla en realidad. ¿Él quería algo serio con Rachel?

Nunca había pretendido utilizarla. Pero, al menos una vez, ella había tenido motivos para pensarlo, cuando ella era joven e impresionable. ¿Y qué otra cosa iba a pensar ella dado que, después de que Kinzi y él rompieran, él no lograba quitarle las manos de encima?

¿Cómo podía convencerla de lo contrario y compensarla por lo que le había hecho, tanto recientemente como hacía tiempo? Al recordar aquella noche lejana todavía se avergonzaba de sí mismo.

La respuesta de pronto fue evidente. Bryn miró a su madre y asintió, incapaz de contener una sonrisa ante la insólita severidad del rostro de su madre.

—No te preocupes —le dijo y sonrió al verla molesta porque él no le explicaba nada más.

Por el cumpleaños de Rachel, Bryn quiso invitarla a cenar a un club donde pudieran bailar. Ella accedió a condición de que no le hiciera ningún regalo, ya que la caja victoriana era más que suficiente. Él le envió un gran ramo de flores por la mañana con la nota: *Te quiere, Bryn*.

Rachel no lo interpretó literalmente, era una expresión que él empleaba desde que ella era pequeña.

Al regresar a Rivermeadows tras la cena, él la besó en la mejilla y luego, levemente, en los labios.

—Feliz cumpleaños, Rachel —le deseó y se marchó a su habitación.

Otro día él le pidió que le acompañara de nuevo a una cena de negocios.

—¿Por qué no se lo pides a tu madre? Ahora tal vez le apetezca —propuso ella.

Pearl, más animada, estaba recuperando muchos de sus antiguos hábitos.

–Dice que ya acudió a suficientes cenas de negocios con mi padre. Si me ayudas en eso, te prometo que te lo compensaré con una cena en condiciones otra noche.

–No será necesario –dijo ella y eso bastó para que él contara con ella.

El siguiente fin de semana comieron juntos en un café antes de montar a caballo y, aunque Bryn se comportaba con desenfado, Rachel vio algo en sus ojos que hizo que le cosquilleara el estómago y se le acelerara el pulso.

Otro día asistieron a una fiesta a la que unos amigos habían invitado a Bryn.

–Los conociste la noche del concierto y les caíste bien –le confió Bryn–. Les dije que intentaría llevarte.

–Ve, querida –la animó Pearl–. Son una pareja muy agradable, estoy segura de que te divertirás.

Y así fue. Esa vez regresaron a Rivermeadows ya de madrugada.

–Gracias –le dijo Rachel delante de la puerta de su habitación–. Ha sido una buena fiesta. Y tus amigos son divertidos.

–Esperan verte más a menudo –respondió él, tomando el rostro de ella entre sus manos y haciendo que el corazón le diera un vuelco.

Él le sonrió y la besó levemente, como probando. Antes de que ella pudiera pensar en reaccionar, él pasó un dedo por los labios entreabiertos de ella y se separó.

–Buenas noches, Rachel –se despidió y se metió en su habitación.

El único consuelo que le quedó a ella fue que le pareció haber percibido cierto temblor en la voz de él.

Rachel no estaba muy segura de cómo se habían convertido en una pareja, pero pronto se dio cuenta de que la madre de Bryn les ayudaba y apoyaba. Pearl había recuperado su ajetreada vida social. Paraba poco en casa y, cuando Bryn la invitaba a algún evento, ella solía alegar estar cansada o tener otro compromiso y le sugería que llevara a Rachel, segura de que disfrutaría.

Y así era. Rachel, después de un par de negativas, decidió dejarse llevar, disfrutar a fondo del tiempo que pasaba junto a Bryn e intentar no imaginarse un futuro sin él.

Él parecía contentarse con sus breves besos de despedida y no la presionaba para ir más allá. Ella sabía que él no estaba satisfaciendo lo que su cuerpo le pedía: muchas noches ella podía sentir su excitación al despedirse. Así que la explicación de aquella historia casi platónica debía encontrarse en que él no quería involucrarse plenamente.

Tal vez la relación entre las familias de ambos tuviera algo que ver. O tal vez él estaba esperando hasta que alguien apareciera en su vida, alguien con quien poder dar rienda suelta a la pasión que ella sabía que estaba conteniendo deliberadamente.

Esa idea le encogió el corazón. Ella había empezado a desear lo imposible, un futuro junto a él. Porque aquello no era un cortejo pasado de moda, ¿verdad? ¿O se estaba engañando a sí misma?

Tal vez él se había acostumbrado a que ella fuera

su acompañante provisional y no quería que albergara ideas de que su relación fuera a ser estable.

Una ola de ira detuvo las lágrimas que amenazaban con escapársele. Si el creía que ella estaría siempre dispuesta a acudir en su ayuda cuando él necesitaba una mujer a su lado, que pasaría a un segundo plano cuando apareciera alguien con más clase, más guapa, del mismo entorno social... entonces ella... ¿qué? ¿montaría una escena de celos? ¿Le preguntaría cuáles eran sus intenciones con ella?

Él sabía que aquella relación terminaría pronto. Tal vez esperaba que terminara sin más cuando ella abandonara Rivermeadows. Por lo cual él prefería no comprometerse.

Ella tenía preparado un borrador del libro en su ordenador y estaba trabajando para mejorarlo. Bryn entró una tarde en la casa y frunció el ceño al verla todavía delante del ordenador. La besó en la mejilla y le susurró al oído:

–¿Vienes al jardín? Hay una espectacular puesta de sol ahí fuera.

Frunciendo el ceño porque lo que realmente le apetecía era seguirle ciegamente, ella dijo:

–Estoy ocupada.

Él se irguió y giró la silla hasta tener a Rachel frente a él.

–¿Qué problema hay?

–Ninguno. Me pagan por este trabajo y no puedo dejar lo que estoy haciendo cada vez que te apetece tener compañía o necesitas a una mujer a la que llevar a algún acto de sociedad.

–No estás de muy buen humor, ¿verdad? –comentó él sin darse por ofendido.

Se cruzó de brazos, dio un paso atrás y señaló la pantalla con la cabeza.

–¿No va bien?

Lo preguntó comprensivo y eso casi fue la perdición de Rachel. Ella no quería llorar en el hombro de él.

–Iría bien si yo no me viera interrumpida cada dos por tres –dijo ella molesta–. Sólo me quedan algunas semanas antes de entregar el libro a la imprenta.

Ella volvió a girar su silla y le dio la espalda, pero de pronto no entendía nada de lo que tenía delante.

Él comenzó a masajearle los hombros tensos.

–Relájate –le susurró–. Nadie va a decirte nada si necesitas algo más de tiempo para terminarlo. A mí me parece que trabajas demasiado. Son más de las cinco de la tarde. Tómate un respiro y sal a tomar el aire.

La tomó de la mano e hizo que se levantara.

–Vamos.

La resistencia de Rachel no duró mucho. Si él le hubiera gruñido en lugar de ser paciente y comprensivo, ella se habría mantenido en sus trece.

Conforme él la conducía hacia la puerta, ella suspiró pesadamente.

–Siento haber sido brusca contigo. No tenía derecho –se disculpó.

–No te preocupes –dijo él sonriendo de medio lado–. Si te molesto, tienes todo el derecho a decírmelo.

En la terraza, contemplaron el cambio de colores del cielo de rojo intenso y dorado a rosa hasta que llegó la noche y los grillos comenzaron a cantar. Bryn seguía sujetándole la mano y ella se lo permitió. Le gustaba sentir los fuertes dedos de él rodeándola.

–Caminemos –propuso él y la llevó hasta el cenador con sus jazmines y geranios.

Ella se tensó e intentó soltarse, pero él no se lo permitió.

–No te asustas de mí, ya no, ¿verdad? –cuestionó él.

Ella negó firmemente con la cabeza. Pero tenía la boca seca y temblaba. ¿Por qué la había llevado hasta allí?

Él tomó la otra mano de ella.

–Aquel día te asusté. Dijiste que me perdonaste, pero yo nunca podré perdonarme a mí mismo.

–Tú no me asustaste –recalcó ella–. Sabía que podía confiar en ti.

Algo cruzó el rostro de él, como una nube por delante de la luna.

–Ése fue tu error.

–No fue ningún error, Bryn.

Él cerró los ojos con fuerza y, cuando los abrió de nuevo, parecían brillarle más a pesar de la oscuridad reinante.

–Entonces fuiste una ingenua y una inconsciente –refunfuñó–. Yo estaba borracho. Dios sabe lo que habría hecho si no llego a tener suficiente juicio para echarte de allí, casi demasiado tarde.

Ella sabía que, ni siquiera borracho, él se habría aprovechado de una adolescente ciertamente ingenua e inconsciente sin ninguna experiencia con hombres.

Aquella noche, ella no había pretendido excitarlo, sino consolarlo como fuera y le pareció que él necesitaba un abrazo. Luego, besarle había surgido naturalmente. Ella había soñado muchas veces con besarle, pero nunca habría creído que podría hacerlo.

Ni que él lo aceptaría.

Él no reaccionó a la primera a su beso. Ella estaba separándose cuando él respondió.

Tras abrazarle, ella había arrugado la nariz al percibir el olor a cerveza, pero aquel cuerpo fuerte contra el suyo, los brazos de él rodeándola y un aroma que nunca antes había percibido y que le resultaba muy atractivo, despertaron nuevas sensaciones en ella. Hasta sus partes más íntimas se activaron. Vagamente, ella sabía que aquello era excitación sexual. Había leído, le habían hablado sobre ella, pero nada le había preparado para aquel abrumador deseo de estar más cerca de él, de saber qué se sentía al besar a un hombre, al ser abrazada y acariciada por él en lugares que nadie había explorado antes.

Cuando él la abrazó tan fuertemente que apenas podía respirar y le hizo hecho abrir la boca con sus besos, ella se sintió sorprendida y excitada al mismo tiempo. Él la sujetó por la nuca, entrelazando los dedos con su cabello, y se inclinó sobre ella para besarla de aquella forma tan desesperadamente sexy. Luego le acarició un seno, encendiéndola, y ella se arqueó instintivamente contra él, vibrando de deseo.

Él le acercó su pelvis y ella supo lo que le había hecho. Alarma e incredulidad se mezclaron con una primitiva sensación de triunfo. Él la levantó en brazos y, tambaleándose un poco, se puso de rodillas y la dejó sobre el saco de dormir. Comenzó a acariciarla por todas partes, jadeando mientras la besaba en la boca, el cuello, el escote. Y le levantó el camisón más arriba de los muslos.

Ella, que siempre había sido muy reservada con su cuerpo, se sintió expuesta. Una brisa de aire fresco la hizo estremecerse.

Miró a Bryn y le pareció un extraño con los ojos hundidos en sus cuencas, los pómulos marcados, la boca esbozando una tensa mueca. Ella sentía los tablones del suelo debajo de ella y el peso del cuerpo de él encima, todo músculo y fuerza masculina. Ella nunca había supuesto que se sentiría impotente en una situación así.

La realidad comenzó a filtrarse en su conciencia. Intentó quitarse de encima a Bryn, pero él ni lo advirtió. Ella sintió la mano de él subiendo por sus muslos hasta llegar a los húmedos pliegues entre ellos. La sensación era completamente nueva y recorrió su cuerpo como un relámpago que le produjo en parte placer y en parte pánico.

El pánico y una repentina vergüenza ganaron la partida. Ella cerró fuertemente las piernas.

—¡No! —gritó y se removió con todas sus fuerzas.

Él reaccionó lentamente.

—¿Cómo? —murmuró.

Ella repitió su negativa, cada vez más alarmada. Él maldijo en voz alta y, para alivio de ella, se hizo a un lado y se tumbó jadeante sobre los tablones desnudos.

—Vete de aquí —le urgió él con una voz casi irreconocible.

—Lo siento —se disculpó ella—. No pretendía...

Tragó saliva y recordó su juramento a sí misma de no entregar su virginidad tan pronto como algunas de sus amigas, de lo cual luego se habían arrepentido. Ella soñaba con guardar ese regalo único para el hombre al que amaría para siempre. Y por muy enamorada que estuviera de Bryn Donovan, en el fondo sabía que cuando ella creciera habría otra persona.

—¡Te he dicho que te vayas! —repitió él, elevando la voz—. Por el bien de los dos.

Ella se sentía fatal. Los chicos decían que lo pasaban muy mal cuando aquello sucedía. Tragó saliva y se inclinó para tocarle.

–Sé que tú querías...

Él le apartó la mano.

–¡Quería una mujer! –gritó él apretando los dientes–. No una maldita colegiala. ¡Y ahora márchate antes de que haga algo que ambos lamentemos!

Ella contuvo las lágrimas y se marchó corriendo entre los árboles, sin importarle las ramas que le golpearon en la cara, los brazos y las piernas.

Se le salió una zapatilla, la recogió y siguió corriendo con ella en la mano. Se clavó las piedras del camino pero no le importó.

Por fin alcanzó la puerta de su casa. Se detuvo a recuperar el aliento y luego subió escalando hasta su habitación y se metió bajo las sábanas. Y nadie la oyó llorar.

Capítulo 8

INCLUSO diez años después, de pie en la entrada del cenador con Bryn a su lado, el recuerdo de aquella noche hizo que a Rachel se le saltaran las lágrimas. Se soltó de Bryn y se las enjugó con una mano.

—Yo sabía que tú nunca me harías daño –afirmó.

Sólo había vivido un momento de pánico cuando él había parecido un amenazador extraño, como si alguien hubiera ocupado su cuerpo. Hasta entonces, la incontrolable y desconcertante necesidad física que se había adueñado de su cuerpo le había puesto más nerviosa que nada de lo que él hubiera hecho.

Entonces, él se había apartado de ella y la había echado de allí. Para protegerla, y a sí mismo también.

—Hiciste lo correcto –añadió ella–. Si yo no hubiera sido tan joven, me habría dado cuenta de que estaba jugando con fuego y no tendrías que haberme gritado para que me marchara.

—No recuerdo lo que te dije exactamente –confesó él–. Sólo que fui muy brusco. Y tú nunca me diste la oportunidad de pedirte disculpas antes de mudarte al Sur con tu familia. Creí que te había aterrorizado, que te asustaba que volviera a atacarte en otra ocasión.

—¡Tú no me atacaste! En todo caso, fue al revés. No debería haberte besado, fue una estupidez.

–Fue muy dulce –replicó él–. Ojalá lo hubiera dejado ahí...

–Eso ya no importa.

–A mí, sí. Y me he dado cuenta de cómo evitas este lugar. Quiero... exorcizar el fantasma de esa noche, para ambos. ¿Confías en mí, Rachel?

–Sí –afirmó ella sin dudar.

Él la tomó de la mano y la condujo al interior del cenador. Estaba oscureciendo, pero aún quedaba algo de luz. La llevó hasta el banco en el que se habían sentado tiempo atrás. Los árboles de alrededor creaban débiles sombras en el suelo.

Permanecieron sentados en silencio durante varios minutos, agarrados de la mano. Poco a poco, ella sintió que se relajaba.

–Solías venir aquí a menudo –señaló él suavemente.

–Antes de esa noche, sí. Después, nunca.

–Igual que yo –dijo él tras unos momentos en silencio–. A nadie le gusta recordar sus errores. Pero últimamente no puedo evitar recordar éste. Y no todo es culpa y remordimientos, aunque sé que debería ser así. ¿Eso te molesta?

Ella le miró.

–¡No! No fue culpa tuya que yo viniera aquí...

–No estoy buscando excusas, Rachel. Si no me hubiera emborrachado, nada de eso habría sucedido. Lo sabes. O al menos espero que así sea.

Por supuesto que ella lo sabía.

–Si me has traído aquí para disculparte de nuevo...

–No para eso –le interrumpió él–. Tal vez no ha sido una buena idea. Aquí fue donde nos besamos por primera vez. Y si no piensas en cómo terminó... ¿puedes hacerlo? ¿O toda la experiencia fue demasiado horrible para pensar en ella?

—No fue nada horrible –le aseguró ella–. Pero yo no estaba preparada para un... encuentro sexual adulto. Si no te hubiera detenido, tal vez me habría parecido maravilloso.

—Lo dudo –dijo él, tenso–. Las circunstancias no eran precisamente las ideales. ¿Tu primer «encuentro» fue maravilloso? Eso espero.

—Casi nunca lo son –respondió ella, desviando la mirada.

—Si no puedes soportar estar aquí...

—No, está bien. Había olvidado lo apacible que es este lugar, sobre todo por la noche.

A través de los árboles se veían las estrellas brillar en el cielo. Rachel aspiró el aire cargado de olores: rosas, jazmín, lirios... y otro aroma más cercano, familiar y excitante, propio del hombre que estaba junto a ella.

Cerró los ojos con todos los nervios alerta. Bryn apretó suavemente su mano e hizo que le mirara. Ella abrió los ojos. La expresión de él era grave y tensa, le brillaban los ojos. Apartó un rizo de la mejilla de ella. La besó levemente y se retiró, estudiando su reacción.

Ella tragó saliva y entreabrió los labios involuntariamente, sin dejar de mirarlo.

Él la besó de nuevo, suavemente aunque demorándose un poco más de manera deliciosa.

—Espero que haberte traído aquí no haya sido un error. Que después de esta noche tengas mejores recuerdos.

Dolorosos, desde luego, pensó ella. Si le permitía besarla de nuevo, sí que estaría cometiendo un error. Porque una cosa llevaría a otra...

La idea de pasar una noche haciendo el amor con Bryn era demasiado tentadora.

¿Sería eso lo que él tenía pensado? ¿Borrar los sentimientos negativos de ambos acerca de aquel lugar y de él mismo aportándole una experiencia totalmente diferente? ¿Una dulce seducción para reparar el pasado?

«No, una manera de acallar su conciencia», pensó ella amargamente. Como la tirita que había insistido en ponerle después de tropezarse en el jardín o la chocolatina cuando ella tenía seis años y se había hecho una herida en una rodilla.

Si ella sucumbía a la tentación en aquel momento, ya no lograría olvidarse nunca de Bryn. Lloraría en su interior por el resto de su vida.

Retiró sus manos de las de él y se puso en pie. Él la imitó.

—Ha sido un detalle pensarlo y te lo agradezco. Pero si me has traído aquí para hacer el amor, gracias pero la respuesta es no.

—¡Rachel, espera!

Ella casi había alcanzado la salida cuando él la sujetó de la mano e hizo que lo mirara.

—Te he traído aquí porque quería pedirte que te cases conmigo.

«Debo de estar soñando», se dijo ella. Abrió la boca, pero no pudo pronunciar palabra. Parpadeó varias veces. No tenía la impresión de que fuera un sueño. La mano de Bryn rodeando la suya parecía de carne y hueso. Y la brisa que le acarició la piel también.

Él la sujetó por los hombros y la sacudió ligeramente. Aquello sin duda era real.

—¿Tan grande ha sido el shock? —inquirió él—. ¿Rachel?

Por fin ella encontró su voz.

–Sí –murmuró.

–¿Sí, es un shock o sí, te casarás conmigo? –preguntó él algo nervioso.

«Ambas cosas», quiso decir, pero una vocecita llena de dudas en su interior la contuvo de hacerlo.

–Es un shock –dijo–. No tenía ni idea... ¿Por qué? ¡Tú no me amas!

–¡Claro que te amo! Siempre te he amado.

«No igual que yo a ti, como si no existiera otro hombre en la tierra para mí», pensó ella.

–¿Qué crees que he estado haciendo estos dos últimos meses conversando contigo, saliendo a cenar contigo, pasando la mitad de mi tiempo en Rivermeadows?

–Haciendo tiempo hasta que apareciera alguien mejor –contestó ella aturdida.

–¡Qué tonta! No necesité mucho tiempo para darme cuenta de que no existía nada mejor que la chica que tenía justo debajo de mis narices, la chica a la que he conocido durante casi toda su vida y una gran parte de la mía. Eres guapa, lista, buena y honesta, y me haces reír. Si me dices que sí, Rachel, seré un hombre muy afortunado.

Ella quiso lanzarse en sus brazos gritando, ¡sí! Pero ¿no sería aquella propuesta una reacción de rebote tras haber roto con Kinzi? Tal vez él había decidido ir a lo seguro y aceptar a la vecina en sustitución de la glamurosa Kinzi.

–Te amo –continuó él–. Y quiero que seas mi esposa y la madre de mis hijos. Te gusta mucho Rivermeadows, ¿verdad? Podríamos vivir allí y crear otra familia Donovan, tal y como desea mi madre.

Ella seguía aterrada y las dudas la atenazaban. ¿Estaría haciendo él aquello por su madre?

Bryn emitió un gemido de impaciencia, la sujetó por la cintura y la apretó contra sí, besándola con una creciente pasión. Y cuando ella había perdido el control de su cuerpo, él la besó en el cuello y deslizó una mano hasta su seno.

—No tendrás que renunciar a tu carrera —añadió él—. Puedo permitirme toda la ayuda que necesites en la parte doméstica. Todo lo que desees, lo tendrás.

La besó en la sien, en la mejilla y de nuevo en la boca, fugaz pero firmemente.

Ella se apartó y le sujetó por las muñecas. No podía pensar con él acariciándola y besándola.

—Rachel, di que sí, por favor —rogó él tenso.

Él había dicho que la quería. Le había pedido que se casara con él, que fuera la madre de sus hijos. ¿Qué más podía pedir ella?, se dijo Rachel. Si aquel amor era principalmente el afecto que se mantenía desde años atrás y sólo se basaba parcialmente en una nueva conciencia de ella como mujer, ¿dónde estaba el problema?

El problema residía en que, si él no podía entregarle a ella todo su corazón, tal vez le partiría el suyo, concluyó ella.

Aunque el suyo se partiría de todas formas en cuanto se marchara de Rivermeadows y Bryn ya no estuviera en su vida, reconoció.

De cualquier manera, se arriesgaba a sufrir. Y si elegía la opción más cobarde, estaría rechazando una oportunidad inigualable: la de pasar el resto de su vida junto a él.

La de conseguir que él la amara de verdad.

–¿Rachel? –dijo él con voz ronca, cada vez más nervioso.

–Sí –contestó ella–. Me casaré contigo.

Ya estaba. Se había comprometido. ¿Por qué estropear su sueño? Era el mejor que había tenido en muchos años.

Durante un largo momento, ambos se contemplaron en la oscuridad de la noche. Luego, él tomó sus manos de nuevo y las besó una a una casi solemnemente, como sellando su respuesta.

–Gracias –dijo–. Te prometo que haré todo lo que pueda para que seas feliz. ¿Le damos la buena noticia a mi madre?

Si Rachel había tenido alguna duda sobre la acogida de lady Donovan, enseguida desapareció. Pearl se entusiasmó, los besó y abrazó a los dos e insistió en que llamaran a la hermana de Bryn a Inglaterra y a la familia de Rachel para comunicarles la noticia. Después de eso, habló largamente con la madre de Rachel sobre posibles planes de boda y al terminar lo celebraron con una botella de auténtico champán.

Al irse a dormir, Bryn acompañó a Rachel a su habitación, le dio un cálido beso en la boca, le deseó buenas noches y se marchó. Sorprendida pero también aliviada, Rachel se metió en la cama y repasó lo que había sucedido en el cenador, reviviendo sus seductores besos y su sorprendente propuesta. Bryn había dicho que la quería, no que estuviera enamorado de ella. Pero tal vez el afecto y cierta atracción sexual eran una base mejor para el matrimonio.

Sería maravilloso poder compartir esa experiencia

única en la vida que tantas historias, poemas y canciones había inspirado.

Sólo que no podía evitar sentirse un poco engañada.

Bryn le entregó a Rachel un anillo que pertenecía a la familia Donovan desde hacía generaciones. Era una banda de oro con esmeraldas y un diamante en el centro. Se lo puso en el dedo corazón.

–Quiero comprarte un anillo de compromiso –le explicó–. Hasta entonces, y después, esto te convierte en una novia Donovan.

Le tomó la otra mano y la besó dulcemente.

Se encontraban en el salón pequeño mientras que Pearl estaba atareada en la cocina tras la cena.

Rachel abrazó a Bryn por el cuello y le devolvió el beso apasionadamente.

Sorprendido, él se apartó, soltó una carcajada en voz baja y la llevó al sofá, donde la sentó sobre sus rodillas y la besó hasta dejarla jadeante y con las mejillas encendidas. Ella iba vestida con vaqueros y una camiseta y él deslizó su mano debajo de ella, desabrochó el sujetador y comenzó a acariciar sus senos.

Rachel ahogó un grito y se arqueó en brazos de él, con la cabeza hacia atrás. Sintió los labios de él en su cuello bajando hasta donde le permitía el escote de la camiseta.

Bryn se detuvo al oír unos rápidos pasos en el pasillo. Rachel se levantó de sus rodillas rápidamente, se sentó junto a él y se bajó la camiseta justo antes de que Pearl entrara en la habitación.

Ella les sonrió sabia, se acercó a su sillón habitual y agarró el libro que había dejado en él.

–Voy a llevármelo a mi habitación –les informó–. ¿Habéis fijado una fecha para la boda?

–Todavía no –respondió Bryn–. Pero para mí nada es demasiado pronto. ¿Seis semanas es suficiente tiempo para que vosotras las madres organicéis lo que queráis?

–¿Seis semanas? –repitió Rachel, con un nudo de nerviosismo en la garganta.

–¿Hay alguna razón para tanta prisa? –preguntó Pearl con un toque de censura.

Bryn le sostuvo la mirada.

–Rachel comienza a dar clases dentro de dos meses. Me gustaría tener tiempo para una luna de miel decente.

–¿Es necesario que sea una boda grande? –inquirió Rachel.

–No, si tú no lo quieres –le aseguró él.

Pearl parecía desilusionada.

–Es la primera boda Donovan en una generación. Nuestros familiares y amigos esperarán ser invitados y la familia de Rachel también querrá invitar a gente –dijo con brío–. Será todo muy ajustado, pero creo que podremos arreglárnoslas.

Seis semanas más tarde, Rachel entraba en la pequeña iglesia de Donovan Falls del brazo de su padre. Bryn la esperaba en el altar con los ojos brillantes y muy serio. Estudió exhaustivamente el velo sujeto por una corona de flores blancas y el sencillo diseño de satén brocado con diminutas perlas cosidas y, cuando se encontró con la mirada de ella, asintió con aprobación.

En las últimas semanas apenas se habían visto. Para

poder tomarse libres los días de la luna de miel, Bryn
había tenido que solucionar algunos asuntos primero.
Apenas había pasado alguna noche en Rivermeadows
y, cuando lo había hecho, siempre se había despedido
de Rachel a la puerta de su dormitorio.

Ella, ocupada en terminar el manuscrito de la historia de los Donovan al tiempo que consultaba con su
madre y Pearl la miríada de detalles sobre la boda, tenía sus propias razones para agradecer que Bryn no la
hubiera presionado para tener sexo. Pero no podía evitar cuestionarse ese comedimiento de él.

Tal vez hallarse en la misma casa que su madre la
cohibía, aunque Pearl se encargaba de dejarlos solos a
menudo. O tal vez él no deseaba con tanta impaciencia el acostarse con ella.

El banquete se celebró en Rivermeadows y afortunadamente hizo buen tiempo.

Rachel recibió la enhorabuena de todos los invitados e intentó recordar sus nombres. Entre ellos, reconoció a la alta y elegante Samantha Magnussen, vestida con un traje de diseño y una elegante pamela rosa.

–No nos conocemos –dijo Samantha cálidamente,
sonriendo a Rachel después de haberse presentado.

Aparentemente el día en que Rachel y Pearl la habían visto en la oficina de Bryn, la empresaria no había reparado en ellas.

–Bryn es muy buen amigo mío –añadió y, girándose, posó su mano en el hombro de él y lo besó levemente en la boca.

Luego ella se separó sonriendo.

–Enhorabuena, cariño. Nunca creía que lo lograrías
–le felicitó–. Supongo que incluso los árboles más al-
tos caen alguna vez.

Bryn rió.

–Qué filosófica –dijo, abrazando a Rachel por la cintura y atrayéndola hacia sí–. Soy un hombre afortunado.

La mujer analizó fríamente a Rachel y sonrió de nuevo.

–Estoy segura de que tienes razón –afirmó–. ¿Sabe ella lo que ha ganado?

–Lo sé –intervino Rachel firmemente–. Conozco a Bryn desde que yo tenía cinco años.

Samantha pareció sorprendida, pero no le tembló la sonrisa.

–Bien, pues os deseo lo mejor y espero que seáis muy felices –dijo y, tras una última mirada a Bryn, se marchó.

Rachel se moría de ganas de preguntarle a Bryn a qué se debía todo aquello pero otro invitado acudió a darle la enhorabuena y después ya no vio la oportunidad de averiguarlo sin montar una escena.

El día pareció transcurrir en un sueño. Rachel no dejaba de recordarse que se había convertido en la esposa de Bryn. Él no se apartaba de su lado, sujetándola de la mano o guiándola entre la cohorte de invitados.

Cuando la fiesta posterior al banquete terminó y ella se hubo cambiado de ropa, fueron en el coche de Bryn hasta su apartamento, donde pasarían la noche antes de volar a un exclusivo hotel en la parte norte del país.

Después de comentar sobre algunos de los invitados al banquete, Rachel no pudo contenerse. Trató de sonar tan desenfadada como pudo.

–Samantha Magnussen estaba muy elegante. Yo no sabía que ella y tú erais tan amigos. ¿O acaso a todos sus conocidos los llama «cariño»?

Él sonrió brevemente.

–Seguramente. Es una de esas mujeres que no puede evitar utilizar su femineidad en su provecho, pero que, en el fondo, está hecha de acero.

Rachel no dijo nada.

–No estás preocupada por Sam, ¿verdad? –le preguntó él.

«¿Sam?»

–¿Preocupada? –inquirió ella inocentemente.

–Celosa –puntualizó él y rió con indulgencia–. Ella y yo somos demasiado parecidos, ambos unos maniáticos del control.

–¡Yo no estoy celosa! –exclamó Rachel.

Estaba segura de que Samantha no hubiera rechazado a Bryn si él le hubiera mostrado algún interés, pero se recordó a sí misma que él había tenido multitud de oportunidades y no las había aprovechado. En lugar de eso la había cortejado a ella y era con ella con quien se había casado. Se agarraría a eso y se olvidaría de Samantha Magnussen para siempre.

Una vez en el apartamento, Bryn llevó la maleta de Rachel al dormitorio común a partir de entonces. Se giró hacia ella y la contempló con mirada remota.

–Pareces cansada –comentó.

Ella intentó sonreír. Se sentía ciertamente exhausta, una vez que la presión había desaparecido empezaba a acusar la tensión de las semanas anteriores.

–Estoy bien –aseguró, con forzada alegría.

Le hubiera gustado acercarse a él y que le abrazara, pero él no se movió y su expresión distante le molestó. ¿Estaba lamentando haberse casado con ella, dándose cuenta de que se había comprometido con una mujer por la cual sólo sentía cariño, no amor?

–Es tarde y has tenido un día muy largo –comentó él–. El cuarto de baño se encuentra ahí. Estás en tu casa.

Como si fuera una invitada. Rachel abrió su maleta, sacó el neceser y el camisón de amplio escote que había comprado la semana anterior y se metió en el baño. Cuando regresó, Bryn se hallaba de pie junto a la cama, descalzo, sin la camisa, con el cinturón desabrochado y el pelo alborotado. Estaba muy sexy. La miró fugazmente.

–¿Has terminado? –inquirió con cierta tensión en su voz.

Rachel asintió y él se metió en el cuarto de baño.

Él había abierto la cama, revelando unas prístinas sábanas blancas. Rachel dudó y se imaginó a Bryn y a Kinzi allí juntos. Se giró, tapándose la boca para ahogar un sonido de angustia, y se acercó a la ventana. Aquello era asfixiante. Abrió las cortinas y contempló el paisaje urbano y la torre de comunicaciones que dominaba el paisaje de Auckland, iluminada en rojo y verde.

Abrió la ventana y la recibió el ruido del tráfico y de música de algún piso cercano.

–¿Qué haces? –le sorprendió la voz de Bryn.

–Quería aire fresco –respondió ella.

–Lo único que conseguirás así es ruido y contaminación.

Él estaba junto a la cama con unos pantalones de pijama de color granate.

–Pondré el aire acondicionado –anunció él y fue a un control en la pared.

Rachel cerró la ventana, pero dejó las cortinas un poco abiertas.

—Métete en la cama —le dijo él a punto de apagar la luz.

—¿Qué lado sueles usar tú? —preguntó ella.

Él dejó escapar una risa irónica.

—Principalmente duermo en el medio —contestó.

Principalmente. Cuando no dormía acompañado. Rachel se tumbó sobre el lado más cercano y se tapó con la sábana. Entonces la luz se apagó y ella no vio nada durante unos segundos, aunque sintió el colchón hundirse y oyó el roce de la sábana según Bryn se tumbaba a su lado. La cama era amplia y no se tocaban. Ella podía ver la forma del cuerpo de él gracias a la poca luz que entraba por la rendija en las cortinas.

Él estaba tumbado bocarriba, con la cabeza apoyada sobre las manos, aparentemente contemplando el techo. Rachel hizo un esfuerzo por relajarse. Entonces él se giró hacia ella. Ella se puso rígida, poseída por una mezcla de expectación y nerviosismo. Debía decirle algo antes de que fuera demasiado tarde.

Pero con suerte él nunca se enteraría. Tal vez sería mejor que no se lo dijera.

Él le acarició la mejilla con una mano.

—Duerme, Rachel, estás exhausta —le dijo él sonando a su vez agotado—. No voy a insistir en consumar nuestro matrimonio esta noche.

Atónita, ella le vio volver a su lugar en la cama. ¿Le había dado él su razón verdadera? ¿O simplemente no quería hacer el amor con ella?

Ella no era la única agotada, se recordó. Bryn había trabajado duro para poder irse de vacaciones sin preocupaciones ni interrupciones. Con los ojos cerrados y la respiración regular, o estaba dormido o lo parecía.

No era el ansioso recién casado que ella esperaba. Debería sentirse agradecida por su consideración, pero en lugar de eso se sentía vacía. Rechazada.

«¡Sabes que él te desea!», se dijo a sí misma. Él se lo había demostrado ampliamente. Era algo que los hombres no podían fingir.

Tal vez la encontrara deseable, pero obviamente no irresistible.

Y con ese pensamiento desmoralizador se durmió.

Capítulo 9

RACHEL se despertó con el ruido de la ducha tras la puerta cerrada del baño. Cuando Bryn salió, con una toalla alrededor de la cintura y secándose el cabello con otra, ella ya estaba levantada y rebuscando en su maleta.

–Buenos días –saludó él acercándose a ella y besándola en la mejilla–. Tenemos una hora para llegar al aeropuerto. Voy a preparar café y unas tostadas mientras tú te arreglas.

Él lo tenía todo organizado y Rachel apenas tuvo tiempo de tomar aliento entre la salida del apartamento y la subida al avión. Era un jet privado y en una hora llegaron a su destino, donde les recogió un coche del hotel.

El hotel, de estilo victoriano, se hallaba en mitad de la naturaleza y junto al mar. Su habitación, muy amplia, se encontraba en la planta de arriba de una cabaña. Tenía su propia terraza, dos camas de matrimonio y en un rincón un sofá de dos plazas con un sillón a juego y una mesa de café. Les ofrecieron servirles la comida en el dormitorio o en el comedor del piso de abajo o, si lo preferían, en la terraza. Eligieron la terraza y, cuando el personal se hubo marchado, Rachel comenzó a deshacer la maleta. Bryn hizo lo mismo.

–Tenemos tiempo para un breve baño antes de comer. El hotel tiene piscina –propuso él.

–De acuerdo.

Rachel agarró su bañador y dudó, sintiéndose estúpidamente tímida. Bryn sonrió de medio lado y se dio la vuelta mientras se desabrochaba la camisa. Rachel se desnudó y se puso el bañador antes de que él se girara hacia ella con el bañador ya puesto.

Nadaron el uno junto al otro y luego Rachel flotó bocarriba contemplando el cielo azul intenso. Después de un rato, ella se acercó al borde de la piscina y se sentó allí para observar a Bryn.

De pronto, él nadó hasta ella, la agarró por la cintura y la sumergió en la piscina.

Rachel ahogó un grito e involuntariamente se apoyó sobre los hombros desnudos y mojados de él. Le vio sonreír algo tenso.

–Y ahora, esposa...

Él inclinó la cabeza y sus labios, húmedos y fríos por el agua, se encontraron con los de ella en un beso maestro.

La sorpresa dejó inmóvil a Rachel hasta que él la abrazó, acercando sus cuerpos casi desnudos. Él hizo que ella entreabriera la boca y una ola de deliciosas sensaciones la hicieron estremecerse. Lo abrazó por el cuello y él la tomó de los glúteos y la elevó contra él mientras la besaba en el cuello y el pronunciado escote.

A Rachel le sorprendió su propia respuesta: gritó al tiempo que su cuerpo se consumía de placer, un placer que la recorría una y otra vez, acompañado por una necesidad de estar más cerca de él, de experimentar aquel momento hasta el máximo deleite del cuerpo. Apenas fue consciente de que Bryn había cambiado de postura prolongando los espasmos interminables mientras ella trataba de ahogar sus gritos y gemidos sobre el hombro de él.

Cuando el paroxismo se desvaneció, ella suspiró largamente y oyó a Bryn hacer un sonido de satisfacción antes de soltarla cuidadosamente y de asegurarse de que pisaba de nuevo el suelo de la piscina.

Ella mantuvo la cabeza apoyada en él, con el cuerpo entero estremeciéndose todavía, sin ganas de moverse y casi asustada de mirarle.

–¿Estás bien? –inquirió él, acariciándole la sien con la mejilla.

Ella asintió sin mirarle, aún avergonzada por su falta de control.

–¿Y si alguien nos ha visto?

Él rió en voz baja.

–Somos los únicos alojados y el personal se mantiene lejos a menos que los necesitemos. Es parte del trato. Pero podemos continuar en nuestra habitación, donde hay dos maravillosas camas.

–Debe de ser casi la hora de comer –dijo ella, temiendo que el personal descubriera lo que habían estado haciendo.

Ella se separó de él y abrió mucho los ojos al tiempo que ahogaba un grito. Le había dejado una llamativa marca de sus dientes en el hombro.

–¡Lo siento! ¡Te he mordido!

Él rió.

–Menuda tigresa estás hecha, ¿eh? Éstas son heridas de guerra que mostraré orgulloso.

–¡No lo harás! –exclamó Rachel horrorizada–. Te pondrás una camisa. No es una herida de guerra, es un...

–Un mordisco de amor –terminó él por ella–. De

acuerdo, me lo taparé si te avergüenza. Pero no conviertas en hábito esto de darme órdenes, cariño. No las acepto muy bien.

–Yo tampoco –señaló ella muy digna–. Esto es un camino de doble sentido.

La comida consistió en salmón ahumado y ensalada, todo regado con vino blanco. Una vez terminada, el servicio se retiró y Rachel contempló hipnotizada el ir y venir de las olas. A lo lejos graznó una gaviota.

–¿Damos un paseo por la playa? –propuso Bryn.

Ella aceptó encantada. Bryn la abrazó por la cintura y caminaron descalzos muy cerca del agua. Se acercaron hasta un arrecife de rocas y, al subirse a él, las olas rompientes los empaparon.

–Si esto fuera un concurso de camisetas mojadas, ganarías el primer premio –comentó Bryn con un brillo travieso en la mirada.

Él también estaba calado y ella votaría por él en el concurso sin ninguna duda, pensó. Una brisa fresca la hizo tiritar.

–Será mejor que volvamos y te quites todo eso –dijo él.

De regreso a su habitación, Bryn se quitó la camisa empapada nada más entrar, la dejó en el baño y se giró hacia Rachel. El brillo en su mirada anunciaba sus intenciones y a ella le dio un vuelco el corazón cuando él le quitó su camisa también mojada y la lanzó al baño. Bryn gimió al ver su delicado sujetador de encaje y satén. Rachel se ruborizó.

Él acercó sus manos a la cintura de ella y se recreó en su piel unos instantes antes de bajarle la cremallera de la falda, que cayó al suelo revelando la braga a juego con el sujetador.

–Muy bonito –dijo él ciertamente contento–. Pero mojado.

Colocó sus manos sobre el sujetador, provocando que ella contuviera el aliento, y comenzó a acariciar y pellizcar sus pezones.

Ella cerró los ojos.

–No estoy haciéndote daño, ¿verdad?

–No.

«Nada más lejos.»

Ella sintió que él tomaba su rostro entre sus manos; abrió los ojos un momento y vio los de él brillantes de deseo y a continuación la besó, haciéndole perder la cabeza con su pasión.

Tras recrearse en los besos, él la tomó de la mano y la tumbó en una de las camas. Se quitó el resto de su ropa.

–He esperado mucho para esto –confesó con voz ronca tumbándose junto a ella–. Pero intentaré ir despacio por ti.

La besó de nuevo mientras le acariciaba el cuerpo y luego bajó por el cuello, el valle entre sus senos, el estómago, los muslos.

–Siéntate un momento –le pidió.

Le quitó el sujetador y, tras apoyar él su espalda contra el cabecero de la cama, atrajo a Rachel hacia sí y comenzó a explorar el cuerpo de ella con ambas manos, hasta que deslizó un dedo bajo la braga y emitió un pequeño sonido de satisfacción ante lo que encontró.

Ella sabía que estaba a punto de estallar de placer.

–¡Por favor, no!

–¿No te gusta? –preguntó él deteniendo su dedo.

Ella rió.

–Claro que me gusta pero... Bryn, quiero sentirte a ti.

Ella sintió que él tomaba aliento.

–Yo también quiero sentirte. Pero quiero ver tu rostro al mismo tiempo, ¿de acuerdo?

Rachel asintió.

Él la tumbó bocarriba, le quitó la braguita y se colocó sobre ella. Mirándola a los ojos, se acercó a la entrada de la parte más íntima de su cuerpo. Ella contuvo el aliento con las manos en los hombros de él. Él murmuró algo y, conforme la penetraba, ella sintió un incómodo dolor. Ahogó un grito y él se detuvo.

–¿Estás bien? –le preguntó él con voz ronca.

–Sí –dijo ella elevando sus caderas, invitándolo–. Te deseo.

Él resultaba tan grande, tan duro... pero conforme se fue adentrando lentamente, ella sintió cómo su carne se abría y le acogía, y comenzó a relajarse al sentir deliciosos cosquilleos recorriéndole el cuerpo, cada vez más intensos cuando él comenzó a moverse rítmicamente sin dejar de mirarla como para comprobar que ella estaba bien.

Y ella estaba mejor que bien. Entreabrió la boca mientras las sensaciones la invadían y se entregaba a él. El mundo giró alrededor de ellos dos hasta que se perdieron el uno en el otro.

Entonces él se tumbó bocarriba, colocándola a ella sobre él y, al cambiar de posición, ella sintió una nueva ola de placer y comenzó a cabalgarlo para saborear e incrementar la sensación mientras él la apretaba contra sí y le susurraba palabras de alabanza hasta que ella quedó exhausta, con la cabeza apoyada sobre el hombro de él y la respiración jadeante.

Durante un largo rato, ella no se movió. Cuando lo

hizo, Bryn todavía la tenía abrazada. Se tumbaron de perfil, uno frente al otro. Él la besó y dijo:

—Eres una maravilla, señora Donovan.

—¿En serio?

«¿Mejor que Kinzi?», pensó pero apartó esas ideas de su mente. Los celos eran destructivos.

Él parecía preocupado.

—Estabas muy cerrada... No sería tu primera vez, ¿verdad?

—De hecho, sí —respondió ella, intentando sonar desenfadada.

No había nada vergonzoso en mantenerse fiel a un juramento de la adolescencia, por más que mucha gente lo considerara poco realista.

La silueta de él se quedó inmóvil y reinó el silencio.

—¿Por qué no me lo dijiste? —preguntó él al fin—. ¡Podría haberte hecho daño! ¿Lo he hecho?

—No. Al principio estaba un poco incómoda...

—Debería haberlo supuesto —murmuró él.

—Creí que lo habías hecho. Cuando nos prometimos, tú no... tú nunca sugeriste que nos acostáramos.

—Me pareció lo más apropiado contigo. Esperaba que, si no te presionaba respecto al sexo, no me acusarías de nuevo de utilizarte —dijo él y bajó la voz—. Y en cierta forma fue un tipo de penitencia por el pasado.

Él se detuvo y añadió preocupado:

—¿Soy la razón por la cual seguías virgen a los veintisiete años? ¿Qué te hice?

—No te creas tan importante —se apresuró a decir ella—. Muchas mujeres eligen dedicar su energía y emociones a otras cosas distintas al sexo. Eso evita mucha angustia y complicaciones.

Él gruñó no muy convencido.

–Es posible que para los hombres sea más duro –admitió ella–. Aunque eso es discutible. Históricamente en nuestra cultura habéis sido animados a creerlo, pero antropólogos sociales y culturales han descubierto...

Él rió y la abrazó fuertemente.

–No necesito una lección de Historia, amor mío –dijo y tras un momento en silencio, añadió–. Me halaga que me consideraras merecedor de eso.

«Porque te amo», pensó ella. Él se había acercado peligrosamente a la verdad al preguntar si había sido la razón por la cual ella no se había acostado nunca con nadie: no había sido porque estuviera traumatizada, sino porque ningún hombre había llegado a igualar su recuerdo de Bryn Donovan.

Ella era su esposa. Incluso aunque él no sintiera lo mismo que ella, mantendría su promesa de amarla y serle fiel. Y siendo él como era, le sería fiel tanto en cuerpo como en alma.

¿No era eso lo que toda mujer deseaba?

Hicieron el amor cada día, a menudo varias veces, y conocieron sus cuerpos al detalle, explorando cada curva, cada lunar, cada cicatriz.

Se bañaban cada día en el mar y sus juegos allí se convertían en preludio al sexo, que consumaban al llegar corriendo entre risas a la habitación. Algunas noches bajaban una manta a la playa y la extendían sobre la arena en un rincón escondido tras unos arbustos y hacían el amor al ritmo de las olas.

Una vez, recorrieron los alrededores en coche hasta que encontraron un rincón apartado con milenarios árboles kauri y afloramientos de rocas volcánicas. Sobre un suave colchón de musgo junto a un arroyo cristalino escondido tras verdes helechos, él le hizo el amor a Rachel de forma inolvidable. Después se bañaron desnudos en el arroyo y ella salió tiritando del agua fría sintiéndose más viva que en toda su vida.

El tiempo transcurrió muy deprisa y llegó el día de su regreso a la vida real, a Rivermeadows.

Rachel se trasladó a la habitación de Bryn y convenció a Pearl de que se quedara con ellos.

–Tal vez en un futuro desees mudarte –le dijo, riendo–. Cuando la casa esté llena de niños y no puedas soportar el ruido.

–¿De mis nietos? ¡No me importará que hagan ruido!

Una vez que Rachel comenzó su nuevo puesto de profesora universitaria, Bryn y ella se quedaban a dormir a menudo en la ciudad, pero para ella Rivermeadows seguía siendo su hogar.

La historia de la familia Donovan se presentó en un evento abarrotado y sin reparar en gastos al cual asistieron los dignatarios locales y todos los trabajadores de la empresa, presentes y pasados, que lo desearon, así como algunos de los compañeros de universidad de Rachel. Pearl parecía en su elemento, presidiéndolo todo y presentando orgullosa a la mujer de su hijo a todo aquel que aún no la conocía.

Tras el primer semestre, Rachel se vio capaz de

afrontar un embarazo, pero conforme el tiempo pasaba empezó a preocuparse. Bryn dijo que no tenía prisa, pero ella no podía evitar la fastidiosa sensación de culpa al no darle lo que él esperaba de su matrimonio con ella.

En Internet encontró todo tipo de consejos acerca de la dieta a seguir, las cosas que debía evitar o implementar para facilitar la concepción, y probó las que le parecieron razonables. Desde luego, no se debía a falta de sexo. No tanto como durante su luna de miel, pero seguían haciendo el amor con frecuencia y ella había empezado a pensar que Bryn tal vez estuviera enamorándose de ella. No porque él le diera grandes muestras de cariño o le regalara flores todos los días. Pero la miraba con calidez y deseo. Además se reía a menudo y, si debía viajar por negocios, a su regreso se alegraba de verla de nuevo. Y hacían el amor de forma más apasionada y excitante de lo que ella recordaba.

–El matrimonio le sienta bien a Bryn –señaló Pearl–. Hacía mucho que no le veía tan relajado y contento.

En su primer aniversario de boda, Bryn le regaló a Rachel un colgante de oro con diamantes y un reloj a juego, ambos de los años veinte. Había comprado el conjunto en un anticuario pensando que a ella le haría ilusión algo con historia. Y acertó. Ella a su vez había encontrado en una tienda de libros antiguos un mapa de la zona de Donovan Falls y se lo regaló enmarcado.

Después de una cena fabulosa en el mejor restaurante de la ciudad, regresaron al apartamento. Ella guardó el reloj en su caja sobre el tocador y, cuando iba a desabrocharse el colgante, él se ofreció a hacerlo. Se había quitado la chaqueta y soltado el botón del cuello de la camisa.

Él se colocó detrás de ella y, en lugar de soltarle el colgante, la abrazó y comenzó a besarle la nuca y un hombro. Le bajó la cremallera del vestido y le quitó el sujetador, dejándola desnuda ante el espejo del tocador. Posó sus manos sobre los senos de ella. Le brillaban los ojos.

—Bryn... —protestó ella, cerrando los ojos y deseando que continuara.

—No seas tímida, querida. Mírate.

Ella lo hizo y se maravilló ante los cambios en su cuerpo bajo las caricias maestras de él, excitándose cada vez más al saber que él también estaba observando cada una de sus reacciones y respirando cada vez más aceleradamente, igual que ella.

Cuando él la acarició entre los muslos, ella ahogó un grito, se retorció y se apoyó contra él, rogándole en silencio que no se detuviera. Y él no lo hizo. Ella echó la cabeza hacia atrás, abrió la boca extasiada y él rió en voz baja y la besó en el cuello y el hombro, llevándola hasta un orgasmo que la dejó exhausta.

Ella se giró en sus brazos y enterró la cabeza en su hombro hasta que el último espasmo sacudió su cuerpo y entonces él apartó lo que había en el tocador y la sentó allí, se desnudó y la penetró mientras ella se agarraba a sus hombros y comenzaba a volar de nuevo a ese lugar donde no importaba nada más que el mutuo placer incontrolado que se intercambiaban ambos.

Luego, él la tumbó sobre la cama y de nuevo alcanzó el clímax.

Antes justo de dormirse, con su rostro apoyado sobre el pecho de Bryn, lo último que ella pensó fue: «seguro que esta noche hemos concebido un bebé».

Capítulo 10

RACHEL se equivocó. Las semanas se convirtieron en meses y seguía sin haber señales de un heredero Donovan. Pearl comenzó a preguntar discretamente. Rachel se tranquilizaba diciéndose que algunas personas tardaban más tiempo en concebir y que la ansiedad sólo empeoraba las cosas.

Sin contárselo a nadie, aprovechando las largas vacaciones de Navidad, Rachel visitó a un ginecólogo. A veces tenía que fingir que iba a ver a unos amigos o a una salida de investigación de su trabajo. Tras una larga serie de incómodas pruebas, se descubrió que su sistema reproductivo tenía alguna anomalía congénita.

–Sería posible cirugía seguida de fecundación in vitro, pero el resultado es dudoso –diagnosticó el especialista–. Las posibilidades de llevar a cabo un embarazo con éxito me temo que son... prácticamente inexistentes.

Rachel abandonó la consulta tambaleándose y con la mente en blanco. Caminó durante varios minutos en la dirección equivocada hasta que recordó que había aparcado en el edificio Donovan. Desanduvo el camino y, al llegar al coche, se quedó un rato sentada tras el volante con la mirada perdida. Una parte de ella quería subir al despacho de Bryn, acurrucarse en sus brazos y echarse a llorar.

Pero ni siquiera él podía arreglar algunas cosas. Una vez habían tenido una conversación sobre fecundación in vitro y él había rechazado tajantemente el método y la idea en sí.

Se sentía desfigurada, fea, como si todos pudieran conocer que ella en su interior tenía una malformación. Ni siquiera estaba segura de poder producir un óvulo en buen estado.

Pero si Bryn quería un descendiente...

Podían adoptar pero él querría a alguien de su sangre que continuara el apellido y heredara lo que la familia Donovan había construido y mantenido desde hacía generaciones. Sería una tragedia que todo eso se perdiera.

Absorta en sus pensamientos, al principio no reparó en que la pareja que entraba en el aparcamiento eran Samantha Magnussen y Bryn. Dos personas altas y guapas, con el mismo aire de confianza en sí mismos y de éxito, caminando uno junto al otro y charlando amigablemente.

Instintivamente, Rachel se agachó en su asiento. Ellos se detuvieron delante de un coche. Samantha pulsó el mando de apertura y Bryn le abrió la puerta. Ella, en lugar de meterse en el coche, se giró hacia él, se atusó el cabello y dijo algo que hizo reír a Bryn. Ella también rió y luego él se inclinó y la besó en la mejilla. Ella le dio unos golpecitos en el pecho, se metió en el coche con gracilidad y se despidió con la mano mientras el coche se alejaba.

«Eso no significa nada», se dijo Rachel. «Tal vez ella tontee con Bryn, pero con quien se ha casado él es conmigo». Samantha y Bryn eran amigos, buenos amigos. A pesar de que la empresaria nunca había estado en Rivermeadows antes de la boda ni Pearl la había visto nunca antes del encuentro en la oficina de Bryn.

Él se quedó unos momentos de espaldas al coche de Rachel, mirando en la dirección que había tomado el coche de Samantha, y regresó al interior del edificio.

Rachel inspiró hondo. Podría seguirle y mencionarle que acababa de ver a Samantha. ¿Y luego? «No seas estúpida», se dijo. «Lo último que él necesita es una esposa que no confía en él». Una esposa que, además, no podía darle un hijo.

Él nunca rompería sus votos matrimoniales. Incluso aunque se viera forzado a admitir que había cometido un error.

El miedo atenazó el corazón de Rachel, entre otras intensas emociones. Seguro que esa noticia le haría replantearse su compromiso con ella. Él respondería con amabilidad, comprensión y generosidad. Pero, ¿acaso continuar con la dinastía familiar no era su mayor razón para haberse casado? Y si él deseaba el divorcio, ¿cómo iba a negárselo ella?

Puso el coche en marcha y salió del aparcamiento sin saber adónde se dirigía hasta haber salido de la ciudad y darse cuenta de que se encaminaba a Rivermeadows.

A mitad de camino se acordó de que aquella noche debía asistir a una cena de negocios con Bryn y dormir en el apartamento. Detuvo el coche en el arcén y le dejó un mensaje a su secretaria excusándose por no ir a la cena e informándole de que iba camino de Rivermeadows.

Una vez allí, aparcó el coche fuera del garaje y entró por la cocina. Pearl acudió a recibirla y, al ver el estado en que se encontraba, la hizo sentarse y beberse una taza de té.

—Y ahora, dime cuál es el problema –le urgió la mujer–. ¿Se trata de Bryn, habéis discutido? Eso ocurre en todos los matrimonios, ya se pasará.

—No, no hemos discutido.

Rachel sintió la urgencia de desahogarse con ella pero Bryn debía ser el primero en conocer la noticia. Pearl también se disgustaría, así que, cuanto más pudiera retrasar el comunicársela, mejor.

—Estoy algo cansada y no me encuentro muy bien –se excusó y vio el brillo de esperanza en la mirada de Pearl–. ¡Pero no estoy embarazada!

Las lágrimas le quemaban en los ojos. Se puso en pie.

—Si no te importa, voy a tumbarme un rato –anunció.

—Por supuesto. ¿Puedo hacer algo?

Rachel negó con la cabeza. Con gran esfuerzo, contuvo las lágrimas hasta llegar al dormitorio de Bryn y suyo, entró y cerró la puerta. Entonces lloró durante unos minutos y luego se enjugó las lágrimas con un pañuelo y se sentó en la cama durante un largo rato, consciente de que debía comunicarle la noticia a Bryn. Y a Pearl. Era cierto que se sentía enferma, las náuseas le revolvían el estómago. Se lavó la cara y se tumbó en la cama intentando aclarar sus pensamientos.

¿Cómo decírselo a Bryn? Al menos tenía hasta el día siguiente para pensarlo...

Sin darse cuenta se quedó dormida, agotada, y se despertó con el sonido de la puerta al abrirse. Había anochecido, las sombras llenaban la habitación.

–Lo siento, ¿te he despertado? –preguntó Bryn, acercándose a ella y tomándola de las manos mientras ella se esforzaba por incorporarse.

Él se sentó frente a ella visiblemente preocupado.

–¿Estás enferma?

–Enferma no. No hacía falta que vinieras. ¿Y tu cena?

–La he cancelado. ¿No habrás tenido un accidente?

–No.

–Estás pálida –dijo él acariciándole el rostro–. Mi madre me ha dicho que tenías mal aspecto cuando has llegado. ¿Necesitas un médico?

Rachel estaba confusa. Debía de haber dormido al menos una hora. Todo aquello parecía una pesadilla, algo que nunca debería haber ocurrido.

–Tengo que decirte algo –anunció con un hilo de voz.

–Adelante –la animó él–. Soy tu marido, ¿recuerdas? A tu lado en la salud y en la enfermedad, en lo bueno y en lo malo... No puede ser algo tan terrible.

De pronto, ella supo que él nunca le pediría el divorcio.

Lo único que ella tenía que hacer era contarle lo que había descubierto, o no decir nada y que él gradualmente fuera comprendiendo que no iba a tener descendencia. Pero en ambas posibilidades, ella podría seguir casada con él. La decisión, pues, era puramente suya.

–Necesito ir al baño –anunció soltándose de él y se metió en el cuarto de baño, donde vomitó.

–Rachel, ¿estás bien? –le preguntó Bryn a través de la puerta.

–Sí, espera un minuto –logró articular ella.

Se lavó la cara y contempló su reflejo pálido en el espejo. Necesitaba pensar. Ella nunca había engañado a Bryn. No se veía capaz de vivir con él y ocultarle su terrible secreto.

Entonces, se acordó de cuando le había visto junto a Samantha Magnussen, los dos tan parecidos, tan buena pareja. Ella, guapa, eficiente, era el tipo de mujer con la que él debería haberse casado.

Lentamente dejó la toalla y salió del baño. Bryn hizo ademán de sujetarla por el brazo, pero ella se apartó de un respingo.

—Por favor, no me toques.

Él frunció el ceño.

—¿Estás bien? Será mejor que te tumbes de nuevo.

—No lo necesito —dijo ella, pasando por delante de él.

Se giró hacia él con las manos fuertemente entrelazadas delante de ella. Él tenía las manos en los bolsillos y la miraba perplejo.

—Lo siento mucho, Bryn. El asunto es que quiero... —comenzó y siguió con un hilo de voz—. Quiero el divorcio. Poner fin a nuestro matrimonio.

Durante unos minutos, él no reaccionó. Luego frunció el ceño y negó con la cabeza

—¿Divorcio? No puedes hablar en serio.

—Sí —dijo ella, esforzándose por sonar convincente—. Cometí un error casándome contigo. Por favor, perdóname.

—¿De qué demonios hablas? ¿Qué he hecho?

—¡Nada! Tú has sido maravilloso.

—Entonces, ¿por qué...? —se interrumpió.

—Creí que la amistad y el sexo serían suficientes —improvisó ella y tragó saliva—. Nos conocemos desde siempre y yo nunca había conocido a nadie tan... a nadie con quien deseara casarme. Eso es un tipo de amor, ¿no? Aunque no es válido como base para un matrimonio.

Ella estaba dando la vuelta a la verdad, atribuyéndose los motivos de él a sí misma.

—Es mejor admitir cuanto antes que nos hemos equivocado.

—¿Estás hablando en serio? —inquirió él con incredulidad.

Ella sólo pudo asentir. El rostro de él reflejaba ira contenida, incredulidad... y suspicacia.

—Hay alguien más —comentó él, dándolo por hecho.

Rachel iba a negarlo, pero dudó. Eso le convencería a él. Bajó la cabeza.

—Lo siento —susurró ella.

Él se acercó y la sujetó por los hombros.

—¿Quién es? —preguntó, furioso.

—¿Qué más da? No lo conoces —respondió ella, pero no le vio muy convencido—. Es otro profesor de la universidad, pero no de mi departamento.

Tampoco quería darle muchos datos por si él... ¿Por si él qué? Una vez que se repusiera del shock de aquella noticia, se calmaría y volvería a ser alguien razonable. No empezaría a buscar a su supuesto amante, quiso creer ella. Y si lo hacía, sería como buscar una aguja en un pajar.

Él la sujetó con más fuerza y ella hizo una mueca de dolor. Al verla, él la soltó de inmediato.

—¿Hace cuánto que lo conoces?

—No tanto como a ti, obviamente —respondió ella—. Pero bastante. Me di cuenta de que estamos enamorados y lo he intentado, pero no puedo seguir así. Esta noche dormiré en otro lugar, te devolveré el coche enseguida.

–Quédatelo.

–No puedo hacerlo.

Él soltó una amarga risa.

–Pero sí puedes romper tu matrimonio con esta facilidad, ¿no?

–No es fácil, Bryn, créeme. No quiero hacerte daño...

Aunque era evidente que se lo había hecho. Ella, que siempre le había adorado y consolado lo mejor posible, acababa de dejarle.

Él se repondría... ¿y ella? Ella aprendería a vivir con su decisión, de alguna manera. Tenía que hacerlo, se dijo.

–Por favor –comenzó con lágrimas en los ojos–. No me lo pongas más difícil, Bryn. Tengo que hacer esto.

Él parecía estar intentando ver en su alma, su mirada le quemaba el corazón.

–Si es lo que deseas, será mejor que te vayas –dijo él por fin.

Ella se estremeció, más de desesperación que de alivio. Acababa de destruir lo más importante de su vida.

–Voy a recoger algunas cosas –murmuró y comenzó a reunir algo de ropa del armario, útiles del tocador y del cuarto de baño, sin reparar muy bien en lo que hacía.

Para llevarse las cosas necesitaba una maleta. Encima del armario tenía una pequeña que había llevado con ella a su llegada a la finca. Pero no la alcanzaba.

Bryn se dio cuenta y, con los labios fruncidos, le bajó la maleta.

–Gracias –susurró ella sin atreverse a mirarlo y comenzó a guardar las cosas.

–¿Tienes dinero? ¿Y tu tarjeta de crédito?

–En el coche.

Ella ni siquiera había metido su bolso al llegar a Rivermeadows, lo único que había deseado había sido esconderse del mundo. Solo que aquel lugar no era su refugio. Rivermeadows pertenecía a los Donovan y ella ya no sería bien recibida allí.

Agarró la maleta y se sorprendió de lo pesada que era. Bryn se acercó a ella con rostro pétreo.

–Dame eso –dijo.

–Estoy bien –replicó ella y una intensa nostalgia se apoderó de ella.

Incluso en aquel momento, él no podía evitar ser amable con ella. Intentó resistirse pero, cuando los dedos de él rozaron los suyos, se dio por vencida. Él agarró la maleta con facilidad.

–Buscaré un abogado –anunció ella, queriendo demostrar que sabía lo que había que hacer.

–Los dos necesitaremos un abogado –comentó él secamente–. Así es como funcionan las cosas en este país. Avísame de quién es el tuyo y el mío se pondrá en contacto con él. Aquí se tarda un par de años en lograr el divorcio, ¿lo sabes?

Ella asintió.

–Y ahora, disculpa –dijo ella, pues él le bloqueaba el paso a la puerta.

Él se hizo a un lado, pero ella sólo había dado un paso cuando él la sujetó del brazo.

–Adiós, Rachel –dijo.

Soltó la maleta y abrazó a Rachel por la cintura, atrayéndola hacia él.

Perpleja, ella captó el brillo furioso de la mirada de él y al instante siguiente él estaba besándola con una exigente pasión.

Ella necesitó toda su fuerza de voluntad para mantenerse rígida en brazos de él. Intentó soltarse y el beso cambió, de pronto pasó a ser tierno y convincente, casi un ruego de que le perdonara, al tiempo que la sujetaba con firmeza pero permitiéndole libertad de movimientos, como si sujetara algo precioso y delicado.

Él tomó su rostro entre sus manos sin dejar de besarla. Ella se dijo que debía apartarlo, pero temía tocarle y claudicar. Las lágrimas bañaron sus mejillas, mojando los dedos de él.

—No llores —rogó él, besándole las lágrimas.

Ella se estremeció y le sujetó las muñecas.

—Bryn, no puedo... —protestó ella débilmente.

Él la hizo enmudecer con un beso y ella intentó oponerse, pero su cuerpo no podía resistirse a las habilidades amatorias de él, que acababa de posar su mano sobre uno de sus senos y estaba besándole el escote. A continuación, él le quitó la camiseta y la besó entre los senos.

Para entonces ella estaba muy excitada y, cuando se tumbaron en la cama, ella le respondió apasionadamente, olvidado todo lo demás. Tenía tantas ganas de desnudarle como él de desnudarla a ella.

Juntos alcanzaron el éxtasis, tan unidos sus cuerpos y sus almas que parecían un solo ser.

Al terminar, Bryn se tumbó bocarriba con la cabeza de Rachel apoyada en su hombro. Lentamente, con los ojos aún cerrados, ella sintió que se le aclaraba la mente y el corazón se le volvía una fría bola de plomo.

Bryn inspiró hondo.

–Ahora no puedes dejarme. Estoy seguro de que no podrías haber hecho así el amor si estuvieras enamorada de otro.

Ella quería quedarse abrazada a él el resto de su vida, fingir que todo iba bien. Pero debía decidir qué iba a decirle cuando él le pidiera una explicación.

Unos diez minutos más tarde, se dio cuenta de que Bryn estaba dormido. Esperó otros cinco y entonces levantó la cabeza y le observó. El corazón le dio un vuelco de amor por él y al mismo tiempo sintió una dolorosa tristeza. Con cuidado para no despertarle, se levantó, se vistió y, agarrando su maleta, salió de la habitación y bajó las escaleras. Pearl no estaba a la vista, seguramente se encontraba preparando la cena y dejándoles espacio para que solucionaran sus asuntos.

Rachel vio el cuaderno de notas junto al teléfono y escribió una nota rápida.

Haciendo el menor ruido posible, salió de la casa, guardó la maleta en su coche y se marchó, apretando la mandíbula y con la ventanilla bajada a tope para que el aire penetrara y le secara las lágrimas.

Capítulo 11

RACHEL se estiró y se levantó de delante de su ordenador, se preparó un tentempié en la cocina de su piso de Dunedin, la ciudad más al sur del país, y encendió su pequeño televisor. Se sentía pesada y perezosa y, cuando sonó el timbre, le llevó unos momentos darse cuenta de que era su propio timbre y no el de los vecinos.

Sorprendida, se acercó a la puerta y puso la cadena de seguridad antes de abrirla ligeramente. Ahogó un grito. Su impulso fue cerrar de un portazo, pero Bryn se lo impidió metiendo un pie entre la puerta y el quicio.

—Déjame entrar, Rachel. No pienso marcharme.

Con el corazón desbocado, ella se lo pensó unos momentos. La expresión determinada de él indicaba que no se iría, así que ella quitó la cadena y abrió la puerta.

Él dio un paso y se quedó allí, mirándola, pálido. Automáticamente ella se llevó las manos al vientre, lo cual sólo acentuó el visible abultamiento bajo su vestido suelto de algodón.

Vio que Bryn tragaba saliva.

—¿Ese bastardo te dejó cuando descubrió que estabas embarazada? —inquirió.

Rachel le miró boquiabierta y negó con la cabeza.

–No fue así.

–¿No? –inquirió él escéptico–. ¿Y por qué entonces saliste corriendo, abandonaste tu puesto en la universidad y te mudaste lo más al sur que pudiste? ¿Sabías que estabas embarazada de él cuando me dejaste?

–No salí corriendo, dije en la universidad que tenía que marcharme.

Había alegado problemas médicos, lo cual no era del todo mentira, al descubrir que, contra todo pronóstico, se había quedado embarazada.

–Sé que tu misterioso amante no está aquí –señaló Bryn–. Que vives sola. ¿Cómo te ganas la vida?

–Tengo un empleo.

Había tenido suerte de encontrar un puesto de investigadora en una institución local que le permitía hacer gran parte del trabajo desde casa con su ordenador.

Bryn contempló con desprecio el reducido mobiliario y la alfombra vieja que ella había alegrado con un par de alfombrillas de colores. No había invertido mucho dinero en su casa temporal, guardándolo para cuando lo necesitara después, si...

Había demasiadas cosas aún por confirmarse.

–¿Planea él hacer algo para ayudarte? ¿Pagará la manutención de su hijo? –cuestionó él, elevando cada vez más la voz.

Rachel se tapó los ojos con una mano y dejó caer la cabeza. No sabía qué responder, cansada de la mentira que vivía desde hacía meses. Le temblaban las rodillas.

–No necesito ayuda. No puedo...

–Por todos los santos, siéntate –dijo él, agarrándola por el codo y conduciéndola al sofá frente al televisor, más impaciente que solícito.

Él no se sentó. Se metió las manos en los bolsillos y la miró con el ceño fruncido.

–¿Quieres un vaso de agua o algo?

–No, gracias.

«Sobre todo no quiero a un hombre enfadado acribillándome a preguntas que no puedo responder».

–¿Cómo me has encontrado?

Ella no aparecía en el listín telefónico. Los únicos que conocían su paradero eran su familia, y les había hecho prometer que no lo revelarían, y menos a Bryn.

–Es confidencial. ¿Acaso importa?

–¿Por qué has venido? –continuó ella.

Él no contestó enseguida.

–Mi madre está preocupada por ti –dijo al fin–. La nota que dejaste no explicaba mucho. ¿«Lo siento, gracias y adiós»? Ella estaba imaginándose todo tipo de desastres, así que tuve que contarle la verdad. Pero ella no se lo creyó.

Él sí lo había hecho, afortunadamente para su plan, pensó Rachel, aunque le dolía enormemente. ¿Qué sentido tenía seguir fingiendo? Clavó la mirada en la pantalla del televisor y lo apagó.

–Ella tiene razón, Bryn –confesó tras unos momentos–. Nunca hubo un amante misterioso. El bebé es tuyo.

La repentina quietud del cuerpo de él y el silencio reinante daban miedo. Rachel no se atrevía a mirar a Bryn a la cara.

De lejos llegaba el rumor del tráfico y de alguien escuchando rock.

Bryn se paseó inquieto. Rachel cerró los ojos creyendo que él iba a marcharse. Pero cuando los abrió de nuevo, vio que él la mirada desde el otro extremo del salón.

–¿Qué has dicho? –preguntó Bryn con una mirada gélida–. No tiene sentido, tú no me habrías abandonado si...

–Entonces yo no sabía que estaba embarazada. De hecho, creo que sucedió aquel día.

–¿Esperas que me lo crea? ¿Que sea tan tonto de aceptar al hijo de otro hombre como mío? ¿Manteneros a los dos estúpidamente?

–¡Sabes que yo no soy así! –exclamó ella ofendida por la acusación–. No te he pedido...

–Creía que te conocía. Debería haberme dado cuenta de que habías cambiado –dijo él y recorrió la habitación con la mirada–. Si necesitas dinero, te extenderé un cheque. ¿Cuánto quieres?

–¡No quiero tu dinero! Me ayudará mi familia si es necesario.

Probablemente era poco sabio rechazar la oferta. El ginecólogo, que estaba haciéndole un estrecho seguimiento, le había aconsejado dejar de trabajar antes, pero ella le había asegurado que el trabajo era sencillo y que tendría mucho cuidado.

–Yo no te pedí que me buscaras, ¿por qué lo has hecho?

Evidentemente no por el bebé, descubrirlo había sido un shock para él.

Él se encogió de hombros, pero resultó poco convincente.

–Todavía estamos casados –respondió–. Y me siento responsable de ti. Cuando tu hermano...

–¿Fue mi hermano quien te lo contó? ¡Se va a enterar! ¿Cuál de ellos?

–Eso da igual. Casi tuve que arrancarle la información, convenciéndole de que era por tu bien que él me dijera dónde te encontrabas y si vivías sola. Tu familia está muy preocupada por ti. No me mencionaron... eso –dijo, mirando el vientre abultado–. ¿Lo saben?

Al principio de mudarse allí había logrado mantener su embarazo en secreto. Pero tendría que anunciárselo próximamente.

–¿Y dices que estás aquí por mi bien? –cuestionó ella–. Estamos legalmente separados, no tienes ninguna obligación hacia mí.

–No permitiré que mi esposa viva en la miseria –dijo él sin hacerle caso.

–¿Aunque no te creas que el bebé es tuyo? ¿Después de haberme acusado de mentirte para recuperarte? ¿Has decidido que tu orgullo o tu reputación están en peligro porque no vivo en una mansión?

Él frunció el ceño y se pasó una mano por el cabello.

–Ha sido un shock –reconoció con la vista clavaba en el vientre de ella–. Ya no sé lo que digo ni lo que hago. No soporto verte necesitada, Rachel. Nos conocemos desde hace mucho, te has convertido en una parte de mí.

Aquellas sorprendentes palabras finales le llegaron a Rachel al corazón, produciéndole al mismo tiempo dolor y una débil esperanza. Había ira en la voz de él y algo más debajo de ella, una cierta desesperación.

Rachel tragó saliva conteniendo las lágrimas.

–Tú también eres parte de mí. Y él –añadió cubriéndose el vientre con las manos–. Te juro, Bryn, por lo que más quiero, que el bebé es tuyo.

A ella le pareció ver un destello de añoranza en la mirada de él que enseguida se tornó escéptica, casi hostil.

–No tiene sentido –replicó él–. Si eso es cierto,

¿por qué no me lo dijiste antes? Sabías que yo deseaba tener hijos.

Tenía que decírselo. Se armó de valor.

–Porque ha sido un milagro que me quedara embarazada. El día en que te dejé acababan de decirme que mis posibilidades de tener un bebé eran prácticamente nulas. Todavía podría perder a este pequeño... –dijo y tragó saliva antes de continuar–. Aunque hasta ahora, afortunadamente, parece que está bien.

–¿Este pequeño?

–Parece que es un niño. Todavía podría ocurrir algo.

–Eso no explica por qué me ocultaste su existencia si no estabas acostándote con otro.

–Nunca hubo nadie más, Bryn. El único hombre al que he deseado en mi vida has sido tú. Te mentí y no regresé cuando descubrí que había sucedido lo imposible porque no puedo prometerte un niño sano y saludable.

Él le sostuvo la mirada como analizando si la creía o no y ella aguantó, rezando por que él la creyera. Vio su resistencia a que le tomara el pelo, su incredulidad, ira, incluso dolor.

Cuando él habló, parecía la ira quien se había impuesto a las demás emociones.

–¿Y decidiste no contarme nada de esto e inventarte una estúpida historia de un amante falso? ¿En qué demonios estabas pensando? ¡Es insultante!

Ella se encogió ante el tono de él, pero al menos él estaba empezando a creerla.

–¿De verdad creías que no aceptaría a mi propio hijo si no era perfecto? –añadió él, indignado–. ¿O que dejaría de desearte, de quererte, si no pudiéramos tener descendencia?

–Era yo quien no podía. Pensé que encontrarías a otra persona que pudiera darte...

–¡Pues piensa de nuevo! –exclamó, se acercó a ella y la puso en pie–. No quiero a otra persona. ¡Te quiero a ti! ¿Por qué crees que me casé contigo? Vas a regresar a Rivermeadows conmigo y no voy a perderte de vista hasta que haya nacido el bebé ¡y te va a tratar el mejor especialista del país! Incluso aunque el bebé no fuera mío, te habría llevado de regreso conmigo.

–Pero tú dijiste...

–Da igual lo que dijera. Lo único en lo que podía pensar viniendo hacia acá era en que removería cielo y tierra para lograr que me amaras de nuevo y regresaras conmigo porque, por más que he intentando racionalizarlo, convencerme de que encontrarías un hombre mejor, en el fondo sabía que formas parte de mi hogar, de mi cama, de mi corazón. Debía intentar que tú también vieras eso.

Rachel no podía creerlo.

–¿Parte de tu corazón? ¿Quiere eso decir que estás enamorado de mí?

Bryn la fulminó con la mirada.

–¿Qué clase de pregunta es ésa? Por supuesto que estoy enamorado de ti. Te lo dije la noche en que te pedí que te casaras conmigo. ¿Cómo lo dudas? ¡Desde el momento en que te bajaste del autobús yo estuve perdido!

–Lo cual no te impidió besar a Kinzi, entre otras cosas.

–De acuerdo –admitió él por primera vez algo avergonzado–. Tardé un poco en darme cuenta de lo que me había sucedido. Pero no podía dejar de pensar en ti, de tocarte, besarte, estar contigo. ¡Y fue condenadamente difícil esperar hasta después de la boda para acostarme contigo!

–Tampoco parecías muy ansioso la noche de bodas.

–Tú estabas agotada y yo quería que nuestra primera vez juntos fuera perfecta para ti. Aquella noche no era el momento más adecuado. No debería haber precipitado la boda, pero temía perderte si no te tenía antes de que dejaras Rivermeadows.

Rachel sacudió la cabeza.

–Por ti, habría esperado para siempre. No quería a ningún otro hombre.

Él la besó dulce y apasionadamente.

–Deja que te lleve a casa. Adonde perteneces.

–Sí, por favor –dijo ella y suspiró apoyada en el pecho de él, sintiendo que ya estaba en casa.

Allí donde estuviera Bryn, ella tendría siempre un hogar.

Epílogo

ES perfecto –dijo Rachel.

Raymond Malcolm Donovan había nacido por cesárea seis semanas antes de lo previsto ante el temor de los especialistas de que creciera demasiado. El bebé permanecería en la incubadora un tiempo, pero tras los análisis pertinentes al nacer se había comprobado que todo funcionaba perfectamente.

Ambos padres habían podido sostenerlo en brazos unos minutos y en aquel momento Bryn estaba sentado junto a Rachel en la cama donde ella estaba descansando y le sujetaba la mano.

–Buena chica –le dijo–. Supongo que tendré que perdonarte por intentar mantenerle alejado de mí. No me perdería esto por nada del mundo.

–Lo siento –dijo ella.

El tiempo que habían estado separados le parecía un mal sueño.

Bryn sería un padre fabuloso. Los últimos dos meses la había cuidado y protegido, asegurándose de que recibiera los mejores tratamientos y comodidades. Pearl y la propia familia de Rachel bromeaban diciendo que él estaba loco por ella.

–Un heredero Donovan. Tu madre estará orgullosa –comentó ella.

–Imagina. Pero no quiero que te arriesgues a quedarte embarazada otra vez. No podría soportar perderte. He esperado diez años a que crecieras y regresaras a mí.

–¿Habrías lamentado que no hubiéramos tenido hijos que continuaran el legado Donovan?

–Los dos lo habríamos lamentado –dijo él–. Pero tampoco habría sido el fin del mundo. Me da igual el legado Donovan. Me importas tú.

–Yo creí que era plato de segunda mesa, después de Kinzi –confesó ella.

Él tomó el rostro de ella entre sus manos y fue intercalando besos entre sus palabras.

–Tú nunca... serás... plato de segunda mesa... de nadie.

El último beso fue un poco más largo y ella supo que él estaba conteniéndose por temor a hacerle daño, así que le abrazó y le besó apasionadamente. Luego se separó un poco.

–¿Ni siquiera frente a tu hijo?

–En absoluto. Él era un concepto abstracto para mí hasta que lo he tenido en mis brazos y algo indescriptible ha cambiado en mi interior. Él es algo precioso porque tú me lo has proporcionado. Y os amaré a ambos hasta el día en que me muera.

–Yo también te amo –dijo ella–. Y siento haber sido tan estúpida.

–Cuando te hayas recuperado, ya te haré pagar por ello –la amenazó él en broma–. No tienes ni idea del infierno que me hiciste pasar.

–Un poco –dijo ella recordando aquellos terribles días después de dejarle.

Y no le preocupaba el castigo que él estaba planeando, segura de que incluiría ternura, pasión y un sexo fabuloso.

Bianca™

De reina de la alta sociedad a... ¡a querida contra su voluntad!

Apenas unas horas antes, ella era una absoluta desconocida.

Ahora Damon Savakis sabe quién es ella realmente, Callie Lemonis, la reina de la alta sociedad y sobrina de su mayor enemigo...

Cuando el avaricioso tío de Callie pierde el dinero de los Lemonis, ¡ella queda a merced de Damon y se ve obligada a ser su querida! Pero Damon no está preparado para su valentía, su aplomo y pureza en un mundo lleno de avaricia...

Deseo en la isla

Annie West

Acepte 2 de nuestras mejores novelas de amor GRATIS

¡Y reciba un regalo sorpresa!

Oferta especial de tiempo limitado

Rellene el cupón y envíelo a
Harlequin Reader Service®
3010 Walden Ave.
P.O. Box 1867
Buffalo, N.Y. 14240-1867

¡Sí! Por favor, envíenme 2 novelas de amor de Harlequin (1 Bianca® y 1 Deseo®) gratis, más el regalo sorpresa. Luego remítanme 4 novelas nuevas todos los meses, las cuales recibiré mucho antes de que aparezcan en librerías, y factúrenme al bajo precio de $3,24 cada una, más $0,25 por envío e impuesto de ventas, si corresponde*. Este es el precio total, y es un ahorro de casi el 20% sobre el precio de portada. ¡Una oferta excelente! Entiendo que el hecho de aceptar estos libros y el regalo no me obliga en forma alguna a la compra de libros adicionales. Y también que puedo devolver cualquier envío y cancelar en cualquier momento. Aún si decido no comprar ningún otro libro de Harlequin, los 2 libros gratis y el regalo sorpresa son míos para siempre.

416 LBN DU7N

Nombre y apellido   (Por favor, letra de molde)

Dirección   Apartamento No.

Ciudad   Estado   Zona postal

Esta oferta se limita a un pedido por hogar y no está disponible para los subscriptores actuales de Deseo® y Bianca®.
*Los términos y precios quedan sujetos a cambios sin aviso previo.
Impuestos de ventas aplican en N.Y.

SPN-03   ©2003 Harlequin Enterprises Limited

Deseo™

Por fin suyo

EMILIE ROSE

En el acelerado y competitivo mundo de la industria del cine de Hollywood, Max Hudson era el mejor. Siempre trabajando a contrarreloj, jamás dejaba que nadie se interpusiera en su camino cuando se trataba de cumplir plazos de entrega; ni siquiera su fiel asistente, Dana Fallon.

Sus tentadoras curvas hacían estragos en la cabeza de Max y en su libido, pero su repentina dimisión estaba a punto de desatar el caos en Hudson Pictures y el dinero no parecía ser suficiente para hacer que cambiara de opinión.

Sin embargo, Max contaba con otras formas de persuasión...

Luces, cámara... ¡acción!

Su precio sería la desgracia de ella

Hacía tiempo que a Natasha Kirby le entristecía la contienda de su familia con los Mandrakis y de repente se encontraba bajo fuego cruzado. La empresa familiar había caído en manos del despiadado Alex Mandrakis y ella recibió un terrible ultimátum: o sacrificaba su virginidad o él destruiría a su familia.

Cautiva en el lujoso yate de Alex, Natasha descubrió que sus temblores de miedo se transformaban en escalofríos de deseo. En conciencia tendría que despreciarlo, pero, poco a poco, empezó a desear que la agridulce seducción continuara eternamente…

Rendición inocente

Sara Craven